푸른 머리카락

푸른 머리카락

남유하
이필원
허진희
이덕래
최상아

지음

사ꠡ계절

기획의 말

　'한낙원과학소설상'은 우리 아동청소년 과학소설의 선구자 한낙원 선생을 기려 2014년 제정했습니다. 1924년에 태어나 2007년에 작고한 선생은 일찍이 1950년대부터 40년이 넘도록 수십 편의 과학소설을 발표하면서 과학소설의 불모지나 다름없던 우리나라에 열정적으로 과학소설이라는 장르를 각인시켰습니다. 한국 전쟁의 아픔과 상처가 생생하고 그 폐허에서 벗어나는 것이 우선 명제였던 1950년대에 이미 선생은 과학소설의 중요성에 주목한 것입니다.

　과학소설이 중요한 이유는 미래의 과학 기술 그 자체를 전망하는 것도 있겠지만, 그로 인한 인간과 사회의 변화를 통찰하도록 촉구하기 때문입니다. 과학 기술이 우리의 일상생활과 사회에 어떤 영향을 미칠지, 그로 인해서 우리의 사고방식이나 세계관이 어떻게 변할지에 대한 성찰의 계기를 마련해 주는 것이지요. 실제로 지금, 21세기는 인공지능(AI)과의 공존, 고도로 발전한 유전 공학의 여러 윤리적 문제, 트랜스 휴먼, 과학의 발전으로 인한 환경 문제 등 기존의 기성세대는 전혀 겪어 보지 못한 상황들에 맞닥뜨려 있습니다. 따라서 과학소설은 미래를 다루는 동시에 현재의 문제를 다루는 것이기도 합니다.

과학소설, 즉 SF라고 하면 대부분의 사람들은 허황된 이야기라며 오랜 세월 무시하거나 폄하했습니다. 사회 각계각층에서 이 분야를 진지하게 바라보기 시작한 것은 아주 최근의 일입니다. 그리고 우리나라의 창작 SF문학이 점점 외연을 넓히며 무르익어 가는 데에 한낙원과학소설상이 적잖은 기여를 하며 함께 성숙해 가고 있습니다. 한낙원과학소설상을 꾸준히 후원하시는 유족분들과 공모를 제안하고 적극적으로 이끌어 주신 고(故) 김이구 선생님, 공모와 시상을 주관하는 『어린이와문학』, 작품집을 계속 출간하는 사계절출판사에 한결같은 감사의 마음을 전합니다. 이제 한낙원과학소설상의 다섯 번째 작품집 『푸른 머리카락』을 어린이와 청소년 독자들에 대한 기대와 미래에 대한 희망을 함께 담아 내보냅니다.

2019년 11월
김경연(청소년문학 평론가)

차례

제5회
한낙원
과학소설상
수상작

푸른 머리카락

남유하

별로 좋은 기분은 아니네. 전학생이 되어 교단 위에서 낯선 얼굴을 바라보는 기분은 어떨까 궁금했는데.

손지유. 칠판 한구석에 내 이름을 또박또박 쓰고 돌아선 나는 조금 얼어 있었다. 어지럽게 쏟아지는 아이들의 시선 때문이 아니었다. 단 한 명, 나를 보고 있지 않은 아이 때문이었다. 푸른 머리카락의 남자애는 창밖을 보고 있었다. 푸른 머리는 그 애가 자이밀 행성인임을 말해 주었다. 이 학교에 자이밀리언이 있을 줄이야. 가슴에서 콩콩, 작은 북소리가 났다.

"저기 뒷자리에 가서 앉으렴."

선생님의 손가락이 남자애 뒤의 빈자리를 가리켰다. 그 애는 여전히 창밖만 바라봤다. 좀처럼 발이 떨어지지 않았다. 선생님이 어서 들어가라는 듯 내 어깨를 살짝 건드렸다. 그 애를 스쳐 지나갈 때 어렴풋이 바다 냄새를 맡은 것 같았다. 생미역에서 나는 짭조름하면서 향긋한 냄새. 아니, 내 착각일 수도 있다. 단지 열어 놓은 창으로 초여름의 바닷바람이 불어 들어온 건지도 모른다.

자리에 앉은 나는 앞자리의 남자애가 열심히 바라보는 창밖을 봤다. 바다가, 보였다. 이전에 다니던 학교에서는 꿈도 꿀 수 없는 일이었다. 내가 원해서 이곳에 오게 됐다고 할 수는 없지만 바다가 가까이에 있다는 사실은 큰 위안이 되었다.

수업에 집중할 수가 없었다. 파란 뒤통수 때문이었다. 그 애의 파란 뒤통수를 보고 있자니 고모 생각이 났다.

고모는 내가 아주 어렸을 때부터 우리 집에 와서 나를 돌봐 주었다. 엄마와 아빠는 둘 다 일 중독자여서, 놀이공원에 데려간 사람도, 좋아하는 애니메이션 시리즈를 보러 극장에 같이 가 준 사람도, 디저트 카페에서 무지개색 케이크를 사 준 사람도 전부 고모였다. 고모는 성격도 시원시원하고 아는 것도 많았다. 나는 크면 고모 같은 사람이 되고 싶었다.

그런 고모가 자이밀리언과 결혼했다. 6년 전, 내가 아홉 살 때였다. 대학원생이었던 고모는 S시의 자이밀리언 특별

거주 지역에 관한 논문을 쓰다가 '고모부'를 만났다. 고모는 나와 함께 목욕을 하고 내 머리를 말려 주며 그에 대해 얘기하는 걸 좋아했다. 그가 어떻게 생겼는지, S시에서 무슨 일을 하는지, 어떻게 둘이 사랑에 빠지게 됐는지. 하지만 그런 것들은 전부 잊었고, 고모의 목에서 반짝이던 파란 목걸이만 이상하리만치 선명하게 기억에 남아 있다. 이건 자이밀 행성에서 가져온 산호로 만든 거야, 라고 했던 고모의 말과 함께.

엄마와 아빠는 다른 문제와 마찬가지로 고모의 결혼 문제로도 많이 싸웠다. 엄마는 고모의 선택을 존중해야 한다고 했고, 아빠는 고모가 평생 아이를, 그것도 외계의 씨를 혼자 키우는 걸 허락할 수 없다고 했다. 그렇지만 고모는 아빠의 반대에도 자이밀리언과 결혼했고, 그 뒤로 아빠는 고모를 만나지 않았다. 고모는 지금 S시에서 혼자 아이를 기르고 있다.

당시의 나는 고모가 왜 아이를 혼자 키워야 하는지 몰랐다. 물론 지금은 잘 알고 있다. 그건 자이밀 행성과 지구가 체결한 조약 때문이다.

30년 전, 자이밀리언이 지구에 왔다. 모든 지구인과 의사소통이 가능한 그들은 자이밀 행성에 '여성'이 소멸되어 지구에 왔다고 밝혔다. 여성이 사라진 원인은 행성 간 충돌로 인한 유전자 변이 탓이라고 했다. 자이밀리언은 지구인과 협상을 원했다. 자신의 종족을 번식하는 대신, 지구의 만성적인 물 부족 현상을 해소하는 데 도움을 주겠다는 조건이었다. 코쿤 상태의 자이밀리언에게는 해수를 담수로 바꿀 수 있는 능력이 있었고, 1인당 하루에 약 10.5톤을 담수화하는 것이 가능했다. 이는 성인 자이밀리언 평균 체중의 150배 정도 되는 양이다. 그들이 담수화한 물은 지구상의 어떤 정수 장치로 거른 물보다 순수하고 맑았다.

이전에도 외계 생명체와의 접촉은 있었으나, 지구에 정착하고 싶다는 종족은 자이밀리언이 처음이었다. 자이밀리언은 지구 측이 요구하는 조사에 성실히 임했다. 때로는 목숨을 담보로 한 실험도 있었지만 마다하지 않았다. 그 결과 그들이 무해하다는 사실이 입증되었다.

외계 행성인을 지구에 받아들여야 하는가,라는 문제를 둘러싸고 각국의 정상들은 논의를 거듭했다. 찬성과 반대 의견이 팽팽히 맞섰다. 찬성하는 쪽은 담수화 시설보다 친환경적인 자이밀리언의 능력을 높이 평가했고, 반대하는 쪽은 자이밀리언에게 '자궁 약탈자'라는 별칭까지 붙이며 격렬한 시위를 벌였다.

결국 지구는 범우주적인 차원에서 자이밀리언의 요청을 받아들였고, 그들은 약속대로 배우자가 자신의 아이를 임신하는 즉시 코쿤 상태에 들어가게 되었다. 빛 한 줄기 들어오지 않는 깊은 바닷속에서 커다란 비눗방울 같은 반투명 막에 싸여 기나긴 잠을 자는 것이다. 겨울잠을 자는 개구리나 뱀처럼 말이다. 동면과 다른 점이 있다면, 수명을 다할 때까지 깨어나지 않는다는 것.

딱 한 번 고모가 우리 집에 찾아온 적이 있다. 고모가 결혼하고 일 년쯤 지났을 때였다. 겨울 방학이었고, 텅 빈 집에서 혼자 책을 보며 오늘은 엄마 아빠 중에 누가 먼저 올지 맞혀 보려 했던 걸로 기억한다. 고모는 머리가 파란 아이를 안고 있었다. 나는 고모의 품에서 자고 있는 아기의 얼굴을 찬찬히 뜯어봤다. 뽀얀 피부의 아기는 천사라고 해도 믿을 수 있을 만큼 귀엽고 사랑스러웠다. 속눈썹도 파란색이네. 내 말에 고모가 웃으며 "안아 볼래?"라고 했다. 아기를 향해 머뭇머뭇 팔을 뻗는데 아기가 잠에서 깨어났다. 으엑, 나는 괴상한 소리를 내지르며 내 방으로 도망치듯 뛰어 들어갔다. 나를 쳐다보는 아기의 눈이 황록색이었기 때문이다. 그건 그림책에서 본 도마뱀의 눈과 비슷했다. "지유야, 놀랐어? 아직 아기가 어려서 그래." 문밖에서 고모의 목소리가 들렸다. 어쩐지 슬프게 들리는 목소리였다.

고모는 어떻게 외계에서 온 생명체를 사랑할 수 있었을까? 저 아름다운 파란색 머리카락과 황금빛으로 그을린 피부에 반했을까? 그렇지만 물이 닿으면 본래의 모습으로 변할 텐데…….

나는 백과사전에서 봤던 자이밀리언의 본모습을 떠올렸다. 반투명한 푸른 갑각으로 뒤덮인 피부, 집게 같기도 하고 뾰족한 뿔 같기도 한 손톱이 달린 기다란 손가락, 툭 불거진 황록색 눈동자, 그리고 촉수로 뒤덮인 입. 그들의 겉모습이 아무리 인간 같다고 해도 그건 보호색으로 몸을 숨기는 곤충처럼 위장술일 뿐이다. 그들은 인간이 아니다.

하필이면 왜 내 앞자리에 자이밀리언이 있는 거야.

남자애에게 자꾸 신경이 쏠리는데, 내 옆의 아이가 벌떡 일어났다. 나는 깜짝 놀라 덩달아 일어날 뻔했다. 옆자리 아이는 더듬더듬 교과서를 읽어 나갔다. 다음 차례는 나일지도 몰라. 선생님의 눈치를 보며 앉은 자세를 바로잡는데 열린 창문 사이로 바람이 들어왔다. 다시금 시원한 바다 냄새를 맡을 수 있었다.

"담임이 교무실로 오래."

쉬는 시간이 되자 반장인 듯한 아이가 다가와 비밀을 속삭이는 것처럼 작은 소리로 말했다. 자리에서 일어나 남자애 옆을 지나쳐 가다가 공책에 적힌 이름을 보았다. 하재이. 평범한 이름이었다.

재이에게는 자기 종족식의 이름이 따로 있을까? 재이의

아빠도 고모부처럼 코쿤 상태가 되어 있겠지?

나는 태아 자세를 한 채 반투명한 막 속에서 영원한 꿈을 꾸는 행성인의 이미지를 머릿속에 떠올리며 교무실로 들어갔다. 담임 선생님은 들어서는 나를 보더니 여기, 하며 손짓했다.

"지유야, 앞자리 친구랑은 인사했니?"

"네, 아뇨, 아직."

"알고 있겠지만 재이, 그 애 이름이란다, 아버지는 자이밀 행성인이야. 우리 학교에 자이밀리언은 재이뿐이고."

"근데 왜 여기 있어요?"

"응?"

"자이밀 행성인들은 S시에 살잖아요, 대부분."

선생님은 내 말에 놀란 듯 크게 떴던 눈가에 주름을 잡으며 말했다.

"대개는 그렇지. 근데 재이 어머니는 공무원이셔. 일 년 전 정부 기관이 우리 시로 이주하면서 여기서 살게 된 거고."

우리 고모도 그렇지만, 재이 어머니는 도대체 무슨 생각으로 자이밀리언과 결혼한 걸까요? 자이밀리언은 아빠 역할을 할 수 없잖아요. 싱글맘이 꼭 나쁘다고 할 수만은 없지만, 그렇다고 좋은 것도 아니잖아요? 나는 하고 싶은 말들을 속으로 삼켰다.

"지유도 학기 중 전학이라 많이 낯설겠지만, 친구들하고 잘 지내고……. 선생님이 한 가지 당부하고 싶은 말은, 재이 몸에 물이 닿지 않도록 주의해 줬으면 좋겠다는 거야. 왜 그래야 하는지는 설명하지 않아도……."

"네, 알고 있어요."

"그래. 그럼 이따 수업 시간에 보자."

선생님에게 인사를 하고 교무실을 나왔다. 과연 내가 친구들하고 잘 지낼 수 있을까? 아니 친구를 사귈 수나 있을까? 반에서 친한 아이가 생길 수 있을지는 몰라도, 그 아이가 재이는 아닐 거라는 생각이 들었다. 나는 재이가 미웠다. 아니, 내게서 고모를 빼앗아 간 자이밀리언이 미웠다.

점심시간이 되자 아이들은 삼삼오오 무리 지어 급식실로 내려갔다. 나는 일부러 아이들과 거리를 두었다. 대도시에서 온 전학생이라며 질문 폭탄을 맞고 싶지는 않았다. 아니, 솔직히 아직 아이들과 친해지는 게 두려웠다. 그때 내 옆으로 푸른 머리카락이 휙 스쳐 지나갔다. 재이였다. 재이를 중심으로 큼지막한 동그라미를 그려 놓은 것처럼 그 애 주변에는 아이들이 없었다. 급식실에서도 재이가 앉은 테이블에만 빈자리가 있었다. 별로 내키지 않았지만 그 애 앞으로 갔다.

"여기 앉을게."

재이는 나를 한번 힐끔 보고는 밥을 먹었다. 음식이 입에 있어 대답은 못 하더라도 고개 정도는 끄덕여 줄 수 있잖아. 도도한 건지, 사교성이 없는 건지, 아니면 그저 재수 없는 성격인지 알 수 없었다. 재이가 젓가락질을 할 때마다, 팔목에 찬 팔찌가 눈에 걸렸다. 호리병 모양의 파란 산호가 달린 끈 팔찌였다. 나는 전투적으로 국을 퍼먹었다. 맛있다. 맛있어서 참는다.

다른 아이들의 테이블에서는 웃음소리와 떠드는 소리가 끊임없이 들렸지만, 재이와 내 자리에서는 숟가락이 식판에 부딪히는 소리만 어쩌다 한 번씩 들릴 뿐이었다.

오후에도 재이는 쉬는 시간이 되면 창밖만 바라봤다. 뒷자리의 전학생에게 한번쯤 말을 걸 법도 한데 얘기는커녕 뒤를 돌아보는 일도 없었다. 재이와 친해질 마음은 없으니 잘됐다고 생각하면서도 한편으로는 이 녀석이 사람 무시하나 싶어 은근 화가 치밀었다.

종례를 마치고 가방을 챙기는데 재이가 의자를 세게 밀고 일어나는 바람에 책상 위의 연필이 바닥으로 떨어졌다. 그 애는 괜찮냐는 말도 없이 교실을 나갔다. 어이없었다. 떨어진 연필을 줍지도 않고 그 애를 쫓아 나갔다. 재이는 벌써 복도 끝에서 실내화를 갈아 신고 있었다.

야. 내 목소리를 들었을 텐데 재이는 그냥 밖으로 나갔다. 나는 실내화를 신은 채 따라갔다. 그 애의 걸음은 나보다 훨씬 빨랐다. 꼭 사과를 받아야겠어. 나는 가방 옆 주머니에 있던 생수병을 꺼내 재이의 등을 향해 힘껏 던졌다. 생수병은 그 애의 뒤통수에 부딪히고 운동장 바닥에 떨어졌다. 퍽, 소리가 나며 생수병 뚜껑이 열렸다. 앗, 순간 물이 튀면 어쩌나 걱정했는데, 다행히 물은 힘없이 모랫바닥으로 스며들었다. 재이가 뒤를 돌아봤다.

"뭐 하는 거야?"

"너, 몰랐어?"

"뭘?"

"네가 내 연필 떨어뜨렸잖아."

내가 들어도 자신 없게 느껴지는 목소리였다. 따지고 보면 연필을 떨어뜨린 게 물병을 던질 만한 일은 아니었다. 전학 와서까지 투명인간 취급을 당한 것 같아 욱하는 마음에서 한 행동이었다. 아이들에게 지나친 관심을 받고 싶지는 않았지만 그렇다고 투명인간이 되고 싶은 건 아니었다.

"그래서?"

재이가 물었다.

"그래서라니. 뭐야? 알고 있었어?"

"아니, 몰랐어."

"어쨌든 사과해."

"미안."

"어?"

"연필 떨어뜨려서 미안해."

재이가 순순히 사과했다. 그러고는 아무 일도 없었다는 듯 뒤돌아 갔다. 나는 혼자 바보짓을 한 기분으로 그 애의 작아지는 뒷모습을 바라보았다.

집에 와서 엄마가 만들어 놓은 카레라이스를 먹었다. 콜라도 마셨다. 딱히 보고 싶은 프로그램도 없어 텔레비전 채널을 돌리고 있는데 엄마에게서 온 메시지가 화면에 떴다.

— 엄마 오늘 많이 늦을 것 같아. 먼저 자고 있어. 사랑해, 우리 딸.

나는 텔레비전을 껐다. 엄마가 늦게 오리라는 건 어느 정도 각오하고 있었던 일이다. 요즘은 엄마도 예전처럼 일에만 몰두하지는 않았지만, 이곳으로 이사 오면서 엄마 회사까지의 거리가 지난번 살던 곳보다 세 배는 멀어졌기 때문이다. 멀리 이사 오게 된 건 다 내 탓이다. 전에 다니던 학교에서 아이들에게 따돌림을 당했다. 중간고사가 끝나고 친한 그룹의 아이들 중 한 명과 사소한 말다툼을 했을 뿐인데, 어느 순간 아이들 전부에게 왕따를 당하고 있었다. 가장 친한 애한테만 털어놓았던 부모님의 이혼 얘기를 반 아이들 모두가 알게 됐을 때, 엄마에게 전학 가고 싶다고 말했다. 대단한 비밀이어서가 아니라 배신감이 컸기 때문이었다.

엄마와 아빠는 작년에 이혼했다. 고모한테 아버지 없는 아이를 키운다고 비난하던 아빠는 자기 자식을 아버지 없는 아이로 만들어 버렸다. 문득 궁금해졌다. 고모부는 반투명한 막 속에 갇혀 바닷물을 담수로 바꾸며 무슨 꿈을 꿀까? 고모의 꿈? 한 번도 보지 못한 자신의 아들을 만나는 꿈? 나로서는 결코 알 수 없는 일이다. 하긴 나는, 엄마와 내가 없는 집에서 아빠가 매일 밤 잠들기 전에 무슨 생각을 하는지도 알지 못한다.

남은 콜라를 목구멍에 들이붓고 집 밖으로 나가 마당 구석에 세워 둔 자전거를 탔다. 목적지는 없었지만, 당연하다는 듯 바닷가로 향하고 있었다. 저녁 하늘은 분홍색으로 물들었고, 수평선 언저리에는 방파제가, 방파제 끝에는 하얀 등대가 보였다. 힘껏 페달을 밟았다. 바다 냄새를 실은 바람이 귓가를 웅웅거리며 스쳐 갔다.

방파제에는 갈색 푸들을 산책시키는 할아버지와, 손을 꼭 맞잡은 연인들이 있었다. 나도 한가로운 기분으로 자전거에서 내렸다. 하늘은 주홍빛으로 바뀌었고 짙푸른 바다 위에는 새빨간 태양이 떠 있었다. 태양의 색이 어찌나 빨간지, 물속으로 사라지기 싫다며 화를 내고 있는 것 같았다.

나는 자전거를 끌고 하얀 등대가 서 있는 방파제 끝으로 나아갔다. 그리고 거기에서 전혀 뜻하지 않은 사람, 아니 자이밀리언을 만났다. 재이였다. 재이는 방파제 끝에 걸터앉아 석양을 보고 있었다. 내가 다가가는 것도 모르는 채.

재이의 푸른 머리카락이 저물어 가는 태양빛에 반사되어 은은하게 빛났다. 한순간, 그 애가 아름답다고 생각했다. 갑자기 얼굴이 달아올랐다. 아는 척을 해야 하나, 그냥 뒤돌아 갈까. 머뭇거리고 있는데 그 애가 내 쪽으로 고개를 돌렸다. 그리고 나를 알아보고는 불쑥 물었다.

"이번엔 자전거를 던지러 온 거야?"

"아니, 너 보러 온 거 아니거든."

나는 퉁명스럽게 말하면서도 재이에게서 눈을 뗄 수가 없었다. 나처럼 하얀 반바지를 입은 재이는 맨발이었다. 저러다 바닷물이라도 튀면 어쩌지? 파도가 세게 밀려와 방파제에 부딪힐 때마다 내가 더 조마조마했다.

"여기 와서 앉든가."

재이가 무심하게 말했다.

"너 만나러 온 거 아니라니까?"

"알아. 바다 보러 온 거잖아."

"응."

"여기에서 보는 바다가 제일 예쁜데."

순전히 예쁜 바다를 보고 싶었기 때문이다. 나는 등대 옆에 자전거를 세워 놓고 재이 곁으로 가서 앉았다. 그사이

화가 풀린 듯 금빛으로 빛나는 해가 바다 위에 반짝이는 카펫을 깔아 놓았다. 이야, 저절로 감탄이 터져 나왔다. 똑같은 바다인데 보는 각도에 따라 이렇게 달라질 수가 있을까.

한동안 넋을 잃고 바다만 보다가, 뭔가 이상하다는 생각이 들었다. 학교에서는 한 마디도 안 하던 녀석이 왜 이렇게 살갑게 구는 거야.

"너 저녁 먹었지?"

"응."

"뭐 먹었어?"

"그건 왜?"

"학교에서랑 전혀 다른 사람 같아서. 뭐 잘못 먹었나 하고."

아아, 재이가 눈썹을 위로 올리며 고개를 끄덕였다.

"그치? 뭔가 잘못 먹은 거 맞지? 병원에 가 봐야 하는 거 아니야?"

"엄마가 만들어 놓은 카레 먹었으니까 걱정 마."

"정말? 나도 엄마표 카레 먹었는데."

아, 이런 대사를 하려던 게 아닌데.

"그냥 학교가 싫어서. 학교에서는 말을 잘 안 해. 그러다 보니 습관이 돼서."

"학교가…… 싫어?"

"싫다기보다 좀 불편해. 예전 학교에는 나 같은 애들이 많았는데 여기는 나 혼자뿐이니까.”

“너 S시에 있었구나.”

“잘 아네.”

“고모가…….”

거기 산다, 고 말하려다 입을 다물었다.

“응?”

“아니야. 근데 뭐가 그렇게 불편해? 괴롭히는 애들도 없잖아? 선생님도 너한테 신경 써 주시던데.”

“맞아, 나도 알아. 근데 난 그냥 보통 아이처럼 대해 주시면 더 좋겠어.”

재이의 마음도 어렴풋이 알 것 같았지만, 300명이 넘는 학생 중에 한 명뿐인 외계 행성인이니 특별하게 대할 수밖에 없는 선생님과 아이들도 이해할 수 있었다.

어느새 태양은 수평선 아래로 사라지고, 바다도 하늘도 남색으로 물들고 있었다. 고개를 숙여 재이의 발을 봤다. 운동화를 신은 내 발보다 그 애의 맨발이 더 컸다.

“물이 튀면 어쩌려고?”

나는 끝내 불안했던 마음을 드러내고 말았다.

“그게 어때서?”

“본래 모습, 나타나잖아.”

“그럼 안 돼?”

재이가 눈을 동그랗게 뜨고 되물었다. 나는 할 말을 잃었다. 재이는 그런 나를 보고 싱긋 웃더니 방파제 아래의 테트라포드에 내려섰다. 너무 순식간에 일어난 일이라 말릴 틈도 없었다.

바닷물에 들어간 재이의 발이, 발목이, 종아리가 푸르게 물들었다. 정확히는 물에 잠긴 부분이 푸른색 갑각으로 뒤덮이고 있었다. 가뜩이나 커다랗게 느껴졌던 그 애의 발은 불가사리 모양으로 변했고, 단정하게 잘라져 있던 발톱도 푸른 뿔처럼 뾰족하게 튀어나왔다. 비명은 아니지만 신음 비슷한 소리가 새어 나오려는 걸 입술이 아플 정도로 입을 꾹 다물고 참았다. 낯설고 기괴하면서도 신비로운, 강렬한 느낌에 머리를 부딪친 것 같은 충격을 받았다. 재이는 그런 내 마음도 모르는 채 물장구를 두어 번 치고는 다시 방파제 위로 뛰어 올라왔다. 모래가 얇게 덮인 방파제 위에 그 애의 발자국이 찍혔다.

"놀랐어?"

"아니, 응. 조금."

나는 인간의 피부보다 훨씬 단단해 보이는 재이의 다리를 보지 않으려 노력했지만, 나도 모르게 눈이 가는 것까지 막을 수는 없었다.

"집에 갈까?"

재이가 제법 어두워진 바다를 보며 물었다.

"그래."

나는 내게도 들릴까 말까 한 작은 소리로 말했다. 물에 닿았던 다리의 모양은 인간처럼 돌아왔지만 색깔은 아직도 파란색이었다. 그렇게 그 애는 맨발로, 나는 자전거를 끌고 집으로 향했다.

"난 이쪽으로 가야 되는데."

집 근처 교차로에서 재이가 말했다. 걸어오는 사이 그 애의 다리는 정상으로 돌아와 있었다. 하지만 재이에게 어느 쪽이 더 정상으로 느껴질지 나로서는 짐작할 수 없었다.

"나랑 반대쪽이네."

"데려다줄까?"

"괜찮아. 여기서 금방이야."

"그래, 그럼 잘 가."

"내일 학교에서 보자."

재이는 가볍게 손을 흔들었다. 수업이 끝났을 때와는 사뭇 다른 기분으로 그 애의 뒷모습이 작아지는 걸 바라봤다. 그리고 자전거에 올라탔다.

나는 집으로 향하는 대신 방파제로 달려갔다. 밤의 방파제에는 낚시하는 사람들이 드문드문 보였다. 단숨에 등대까지 가서, 자전거를 내팽개치듯 눕혀 놓고 운동화와 양말을 벗었다. 그리고 재이가 뛰어내렸던 테트라포드로 내려갔다. 초여름이라고 해도 밤이 되니 바닷물은 소름이 돋을 정도로 차가웠다. 창백한 종아리와 발은 물속에서도 그 모습 그대로였다. 거친 파도가 허벅지까지 차올랐지만 꼼짝하지 않고 서 있었다. 가슴 한가운데 구멍이 뚫려 그 구멍 사이로 파도가 출렁이는 기분이었다. 굳이 설명하자면 슬픔과 비슷한 감정이 느껴졌는데, 왜 그런지는 나도 알 수 없었다.

집에 돌아오는 길, 자전거 바구니에 양말과 신발을 넣고 물에 젖은 맨발로 페달을 밟았다. 바람이 스칠 때마다 시원한 느낌이 들었다.

다음 날, 학교에 와 보니 책상 위에 연필 한 자루가 놓여 있었다. 노란 지우개가 달린 새 연필이었다. 쪽지도 없이 달랑 연필뿐이라니. 힝, 말처럼 코로 웃으며 연필 끝의 지우개로 재이의 등을 콕 찔렀다. 그 애는 나를 향해 몸을 살짝 틀었다.

"이거, 사과의 선물이야?"

목소리가 좀 컸는지, 주변 아이들의 시선이 우리에게 쏠렸다. 난감한 얼굴로, 재이는 나를 보기만 했다.

"너 왜 그래? 이거 네가 준 거 맞지?"

내가 다그치자 재이가 보일 듯 말 듯 고개를 끄덕이고 도로 앞을 봤다. 우리를 지켜보던 아이들은 그러면 그렇지,

하는 얼굴이 되었다.

뭐지? 우리 친구가 된 거 아니었어? 그러니까 어제 방파제에서 그런 모습도 보여 준 거라고 생각했는데.

답답한 마음으로 재이의 등을 바라봤다. 누군가 시간을 하루 전으로 돌려놓은 것만 같았다.

점심시간, 어제와 마찬가지로 재이가 앉은 테이블만 비어 있었다. 하지만 어제처럼 바로 맞은편에 앉지 않고 한 칸 옆으로 비껴 앉았다. 재이가 어떻게 나오나 보자는 생각도 있었는데, 웬걸, 재이는 내게 눈길도 주지 않고 밥만 먹었다. 나는 화풀이하듯 젓가락으로 달걀말이를 쿡 찍어 입에 넣었다.

친구 같은 거 필요 없어. 혼자라도 아무렇지 않아. 스스로에게 세뇌하듯 중얼거리며 집으로 오는데, 누가 옆에 다가와 나란히 걸었다. 시원한 바다 향기. 재이라는 걸 알았지만 모른 척했다.

"지유야, 미안."

어디까지 따라오나 싶었는데, 교차로 앞에서 재이가 나를 앞질러 가로막았다. 나는 턱을 들고 재이를 노려봤다.

"얘기했잖아. 학교에서는 말을 잘 안 한다고."

"그래? 그게 나한테도 해당되는 거였어?"

"너랑 얘기하면 다른 애들도 말을 걸 테니까……."

재이의 표정이 어두워졌다.

"그럼 말하면 되잖아. 애들이랑 말 한마디도 섞기 싫은 거야? 왜?"

"처음에는 나도 노력해 봤어. 근데 애들은 나랑 친해지고 싶은 게 아니라 자이밀리언이 신기한 것뿐이더라. 머리카락을 뽑아 달라든가, 손가락을 물에 넣어 보라든가."

다른 아이들의 구경거리가 되는 것. 다른 아이들에게 철저히 무시당했던 나와 정확히 반대되는 상황이었지만, 나는 재이가 어떤 기분일지 짐작할 수 있었다.

"그럼 앞으로도 나랑 학교에선 말 안 하겠다는 거야?"

"네가 허락한다면, 우리한테는 방파제가 있잖아."

어깨를 으쓱하며 웃는 재이의 볼이 발갛게 물들었다. 나도 그냥, 웃었다. 딱히 웃고 싶진 않았지만, 가슴속에 몽글거리는 감정을 달리 표현할 방법도 없었으니까.

"지난겨울에 아빠를 보고 왔어."

어느 날, 재이가 말했다. 우리가 보낸 다른 날들처럼, 방파제에 나란히 앉아 저녁노을을 보고 있을 때였다. 나는 잠자코 그 애의 얘기를 들었다. 엄마와 함께 잠수정을 타고 내려가 코쿤 속에 잠들어 있는 아빠를 봤다고 했다.

"아빠가 한 번만 눈을 뜨고 나를 보게 해 달라고, 아카이우스 신에게 기도했지만, 소용없었어."

"아카이우스 신?"

"자이밀 행성 사람들이 오랜 옛날부터 믿어 오던 신이래."

아카이우스 신은 어떻게 생겼을까? 머릿속에 팔이 네 개 달린 인도의 신과 동물 머리를 한 십이지신이 획획 떠올랐다 사라졌다.

"이제 그렇게 가까이서는 보지 않을래."

재이가 바다를 보며 혼잣말처럼 작게 말했다. 재이가 바다를 보는 건, 아빠를 보는 거였어.

"사실은, 우리 고모도 자이밀리언하고 결혼했어."

누구에게도 말하지 않았던 비밀 아닌 비밀을, 재이에게는 터놓고 말할 수 있었다. 그리고 깨달았다. 그동안 내가 얼마나 고모를 그리워했는지…….

"그럼 고모를 만나러 가면 되잖아. S시가 외부인 금지 구역도 아니고."

재이의 말이 맞다. 몰랐던 것도 아니다. 그런데도 왜 나는 고모를 만나러 가겠다는 생각을 하지 못했을까? 어쩌면 나도 아빠처럼 마음속에 선을 긋고, 그 위에 벽을 쌓고 있었는지도 모른다.

전학 온 지도 벌써 한 달이 지났다.

"지유야, 손지유."

점심을 먹고 양치하러 가는데, 반장이 나를 불러 세웠다. 반장과 친한 애들 서너 명도 함께 있었다.

"응?"

"너 왜 맨날 하재이랑만 밥 먹어?"

"어? 그냥…… 빈자리가 거기밖에 없어서."

"에이, 빈자리가 왜 없어. 내일부터 우리랑 먹자."

갑자기 왜 친한 척을 하는 거지?

"아니, 괜찮아. 나는 지금 이대로……."

"거봐, 내 말이 맞지?"

반장 오른쪽에 있던 애가 반장의 팔꿈치를 툭 치며 말했다.

"너 하재이 좋아하냐?"

이번에는 반장 왼쪽의 애가 불쑥 나섰다.

"뭐? 그런 거 아니거든?"

"아니긴 뭐가 아니야. 그러니까 개무시 당하면서도 개랑 밥 먹는 거잖아? 그렇지?"

아이들이 나를 몰아붙였다. 코웃음을 치는 콧구멍, 비뚜름하게 말려 올라간 입술, 조롱하는 눈동자……. 전에 다니던 학교 아이들의 얼굴이 그 애들의 얼굴에 겹쳐졌다. 팔뚝에 소름이 돋았다.

"자이밀리언이랑 친하게 지내 봐야 좋을 거 없어. 자궁 약탈자잖아."

"야, 이제 그런 말 쓰면 안 되거든!"

"깜짝이야. 손지유, 왜 소리를 지르고 그래?"

"그거 봐. 내 말이 맞지? 얘는 자이밀리언이 뿜어 대는 호르몬에 완전히 홀린 거야."

아니야, 알지도 못하면서 함부로 말하지 마. 아이들의 얼굴이 일그러지더니 눈앞에서 빙빙 돌았다. 어지러웠다. 그때 마침 재이가 지나가지 않았더라면 그대로 쓰러졌을지도 모른다.

"하재이!"

나는 재이를 불렀다.

"오오, 마침 남자 친구 나타나셨네."

반장이 빈정거리며 말했다. 재이는 멈춰 서서 나와 애들을 보았다. 재이가 내 편을 들어 주길, 아니 무슨 말이라도 해 주길 바랐다. 하지만 다음 순간 믿을 수 없는 일이 벌어졌다. 재이가 아무 말 없이 스쳐 지나간 것이다.

"야! 하재이! 거기 서!"

반원 형태로 나를 둘러싼 아이들을 제치고 재이를 따라갔다. 뭐야, 진짜, 쟤들, 자이밀리언, 웅성거림 속에서 몇 단어가 삐죽 튀어나왔다.

재이가 걸음을 멈춘 곳은 운동장 뒤편의 화단이었다. 이름 푯말을 달고 있는 빨갛고 노란 꽃들이 남의 속도 모르고 방실방실 웃고 있었다.

"난 우리가 친구라고 생각했는데."

목소리가 한심할 정도로 떨렸다.

"친구 맞아."

"너희 별에서는 친구가 부르는데 대답도 안 해? 내가 누구 때문에 그런 꼴을 당하고 있었는데!"

"미안, 너도 알잖아. 학교에서는 내가…….'"

"아니, 난 모르겠어. 친구랑 말도 못 할 정도로 불편하면 S시로 돌아가면 되겠네. 안 그래?"

"지유야."

"거긴 너 같은 애들이 더 많으니까 동물원 원숭이처럼 구경거리 될 일도 없을 테고."

"그러지 마. 너 진심 아니잖아."

"아니, 진심이야."

"지유야!"

"내 이름 부르지 마! 넌 내 이름 부를 자격 없어. 지구에 새끼 치러 온 자이밀리언 주제에, 공부는 왜 해? 어차피 결혼하고 나면 죽을 때까지 코쿤 속에서 잠만 잘 텐데."

말이 심했다고 생각한 순간, 재이의 표정이 싸늘하게 식었다.

"난 새끼 칠 생각 없거든."

재이가 낮은 목소리로 말했다.

"뭐?"

"난 결혼할 생각 없다고. 코쿤 따위 되고 싶지도 않고."

"그래? 그렇다면 더더욱 S시에서 살아야 하는 거 아니야? 아니다, 아예 너희 별로 돌아가지 그래?"

그만해야 하는데, 여기서 그쳐야 하는데, 입에서는 더 모진 말이 튀어나왔다.

"너 정말 모르겠어? 여기가 내 고향, 우리 별이야. 난 자이밀 행성에 가 본 적도 없어. 나도 너와 같은 지구인이라고."

"아니, 아니야. 지구인은 물에 닿아도 변하지 않아!"

아, 재이가 짧은 한숨을 내뱉고는 굳은 얼굴로 돌아섰다. 그리고 성큼성큼 운동장을 가로질러 갔다. 점점 작아지는 재이의 뒷모습이 부옇게 흐려졌다.

그날 이후 재이는 학교에 오지 않았다. 담임 선생님은 그 애의 결석에 대해 우리에게 아무런 말도 해 주지 않았다. 재이 엄마가 전근을 신청했다는 둥, 재이를 S시의 아는 분에게 맡기기로 했다는 둥, 아이들 사이에는 재이에 대한 소문이 떠돌았다. 나는 학교가 끝나면 방파제로 달려갔지만, 재이의 모습은 찾을 수가 없었다. 선생님에게 재이의 집 주소를 물어볼까 하고 몇 번이나 교무실 앞을 서성거렸다. 하지만 용기가 나지 않았다.

어느덧 기말고사 기간이 되었고, 더 이상 재이에게 관심을 갖는 아이는 없었다. 나도 시험 기간에는 방파제에 가지 못했다. 그러나 시험 공부를 하면서도 마음 한구석에 도사린 죄책감은 떠나지 않았다. 나도 너와 같은 지구인이라고 했던 그 애의 말이 자꾸만 머릿속에 맴돌았다.

여름 방학이 시작되었지만 하나도 기쁘지 않았다. 풀이 죽어 있는 모습에 엄마는 내가 다시 따돌림을 당하고 있는 게 아닌지 걱정했다. 무슨 일이 있는지 묻는 엄마에게 재이와 있었던 일에 대해 털어놓았다. 엄마는 처음으로 내게 실망했다고 말했다. 그리고 더 늦기 전에, 사과하는 게 좋겠다고 했다.

안 그래도 사과하고 싶었다. 재이에게 큰 상처를 주었으니 사과해야 한다는 건 잘 알고 있다. 하지만 이미 늦은 게 아닐까? 받아 주지 않으면 어떡하지?

나는 또다시 도망갈 핑계를 찾고 있었다. 이러다간 언제까지고 도망만 다녀야 할지도 몰라. 그 순간, 바닷물에 거침없이 뛰어 들어가던 재이의 모습이 떠올랐다. 담임 선생님에게 전화를 걸어 재이의 주소를 물어봤다. 선생님은 이유도 묻지 않고 그 애의 주소를 가르쳐 주었다.

자전거를 타고 재이의 집을 향해 달렸다. 그 애의 집은, 우리가 헤어지던 교차로에서 멀지 않은 곳에 있었다. 파란

대문 앞에 자전거를 세워 놓고 벨을 눌렀다. 누구냐는 말도 없이 문이 열렸고, 재이의 엄마가 나를 맞아 주었다.

"재이 반 친구니?"

"네, 안녕하세요."

"어쩌나, 재이는 지금 집에 없는데."

가슴이 철렁, 내려앉았다.

"S시로 갔나요?"

"아니, 아직 안 갔어."

재이의 엄마가 온화한 미소를 지었다. 반달 모양으로 접히는 도독한 눈언저리가 재이와 닮았다.

"그럼 어디 갔나요?"

"바닷가에 갔는데."

재이가 어디 있는지 알 것 같았다. 나는 전속력으로 페달을 밟았다. 예상했던 대로 재이는 바다가 가장 아름다워 보이는 자리에 앉아 있었다. 팔로 다리를 꼭 끌어안고 있어서인지 재이는 평소보다 작아 보였다. 자전거에서 급하게 내리다가 발이 걸려 넘어졌다. 우당탕, 요란한 소리가 나자 재이가 내 쪽을 쳐다봤다.

"안녕."

나는 모래를 털고 일어나며 말했다.

"너, 괜찮아? 거기 피 나는데?"

놀란 얼굴의 재이가 손으로 내 다리를 가리켰다. 무릎이 살짝 까져 피가 배어났다.

"아, 괜찮아. 하나도 안 아파."

상처를 보자 살갗이 화끈거리고 따갑기 시작했지만 거짓말을 했다. 재이와 나 사이에 어색한 웃음이 오갔다. 주춤거리며 가까이 가자 재이가 나를 위해 자리를 만들어 주었다. 나는 언제나 그랬던 것처럼 재이 옆에 나란히 앉았다.

"S시에 돌아가기로 했다며?"

"응."

"미안해, 나 때문에."

"너 때문이 아니야. 엄마가 예전부터 S시에 전근 신청을 해 놨는데, 이번에 자리가 났거든."

"진짜?"

"그럼, 진짜지."

한편에는 다행이라고 생각하는 나와, 다른 한편에는 여전히 죄책감을 느끼는 또 다른 내가 있었다.

"그래도 미안해, 내가 했던 말."

"괜찮아, 네 말이 틀린 것도 아니고."

"아니야, 내가 틀렸어. 넌 외모는 다를지 몰라도 우리 별사람이야."

재이는 대답 없이 웃기만 했다. 나는 그 웃음을 알고 있다. 괜찮지 않지만 괜찮은 척하려는 웃음. 전학 오기 전, 항상 내 얼굴에 가면처럼 쓰고 다녔던. 그래서 그 애에게 더 미안했다. 한동안 우리는 아무 말도 하지 않았다.

"S시, 언제 가는데?"

"내일."

내일이라니. 화해할 시간이 너무 부족했다.

"미안해, 정말."

눈에서 방울방울 눈물이 떨어져 내렸다. 재이가 자기 무릎을 감싸고 있던 손을 풀더니 내 손등 위에 살며시 올려놓았다. 부드럽고 따뜻한 손이었다.

"내가 더, 미안해."

재이가 조용히 말했다.

"널 그렇게 모른 척해서, 많이 부끄러웠어."

재이의 얼굴에 그늘이 짙어졌다. 재이가 학교에서 말을 하지 않게 되기까지, 내가 상상했던 것보다 훨씬 많은 일이 있었을 것이다. 그리고 내가 경험했던 것보다 훨씬 많은 상처를 받았을 것이다.

재이가 손목에 차고 있던 팔찌를 빼서 내 손목에 채워 주었다. 재이의 손목에 딱 맞던 팔찌는 내겐 너무 헐거워서 손을 아래로만 내려도 스르륵 빠질 것 같았다. 재이가 팔찌의 매듭을 풀어 내 손목에 맞게 묶어 주었다. 호리병 모양의 파란 산호가 반짝, 빛났다. 위로해 줄 사람은 나인데, 그 애 덕분에 오히려 내 마음의 상처가 치유되는 기분이었다.

우리는 따뜻한 침묵 속에서 잔잔하게 물결치는 은빛 바

다와 느리게 떠가는 하얀 구름을 보며 파도 소리, 갈매기의 노랫소리를 들었다.

얼마나 앉아 있었을까. 정수리는 오븐처럼 뜨겁게 달아올랐고 햇볕을 받은 목뒤가 따끔거렸다.

"야, 지구인. 우리 수영할래?"

나는 용기를 끌어모아, 하지만 겉으로는 태연한 척 물었다. 재이가 시원하게 고개를 끄덕였다. 우리는 풍덩 바닷속으로 뛰어들었다. 까진 무릎이 쓰라렸지만 금세 괜찮아졌다. 목까지 물에 잠긴 채, 재이와 나는 서로를 보았다. 재이의 몸이 푸른 갑각으로 뒤덮였다. 마치 파란 바닷물이 재이의 피부 속으로 스며드는 것 같았다. 처음 봤을 때의 충격은 없었지만, 조금 전 내 손을 잡아 주던 부드러운 손이 딱딱하고 길쭉하게 변하는 건 아무래도 낯설었다.

마음의 준비를 할 겨를도 없이, 재이가 물속으로 잠수했다. 나도 뒤따라 잠수, 눈을 가늘게 뜨고 그 애의 얼굴을 바라봤다. 푸른 머리카락이 물결에 일렁이고, 분홍색 입술에서 촉수가 뻗어 나왔다. 놀라지 말자고 다짐했는데, 부그르르 물거품을 내뿜고 말았다. 그 바람에 균형을 잃고 허우적대는 나를 재이가 물 밖으로 끌어 올렸다. 파아, 내가 숨을 크게 내쉬는 동안 재이는 웃음을 터트렸다.

"먼저 간다!"

재이의 푸른 팔이 힘차게 물살을 갈랐다. 나도 있는 힘을 다해 헤엄쳤지만 재이를 따라잡을 순 없었다. 재이는 나보다 훨씬 멀리 헤엄쳐 갔다가 방파제 쪽으로 돌아오기를 반복했다. 그리고 가끔씩 물 밖으로 얼굴을 내밀어 큰 황록색 눈을 끔벅거리며 나를 쳐다봤다. 그럴 때마다 내 유쾌한 웃음소리가 파도 위에 부서져 내렸다. 솔직히 고백하자면, 기괴하다는 생각이 완전히 사라진 건 아니었다. 다만 그 모습 역시 재이라는, 내 친구라는 사실을 마음으로 받아들일 수 있게 되었다.

재이가 S시로 돌아가더라도 괜찮다. 우리의 바다는 이어져 있으니까.

재이가 일으킨 물보라를 따라 헤엄치며 나는 생각했다.

여름, 바다의 꿈

남유하

　20세기에 태어난 아이가 있었습니다. 조용한 아이는 친구가 별로 없었어요. 하지만 아이는 외롭지 않았습니다. 아이에게는 책이라는 친구가 있었거든요. 아이는 책 속에서 새로운 세상을 만나고, 모험을 하고, 꿈을 키웠습니다. 그리고 자기 자신만의 이야기를 만들어 머릿속 서랍에 차곡차곡 쌓아 두었답니다. 아이는 언젠가 이야기꾼이 될 거라 생각했지만, 아무에게도 말하지 않았어요.

　봄에 태어난 아이는 여름을 가장 좋아했습니다. 여름 방학이 되면 바닷가에 있는 할머니 댁에 놀러 갈 수 있었으니까요. 낮에는 하얀 파도가 밀려오는 푸른 바다에서 수영을 하고, 그러다 지치면 따뜻한 모래사장에서 시원한 수박을 먹었지요. 밤에는 평상에 누워 까만 하늘에 총총히 박힌 별들을 보며 신비한 별자리 전설을 떠올렸고요. 어쩌다 비가 오는 날에는 집에서 장난감을 갖고 놀았어요. 로봇을 손에 쥔 채 잠이 들면 거대한 로봇을 조종하는 꿈을 꾸었고, 우주선을 갖고 논 날에는 머나먼 행성에 사는 외계인을 만나는 꿈을 꾸었지요.

시간이 흘러 21세기가 되었고, 아이는 어른이 되었습니다. 매일 똑같은 일상 속에서 어른은 자신만의 이야기를 잊고 살았어요. 여름이 주는 기쁨도 잊어버리고 말았죠. 언제나 마음 한구석이 허전했지만, 어른이 되면 다 그런 거라고 생각했어요.

몇 해 전 여름, 어른은 바다에 갔어요. 하얀 보트 위에서 금빛으로 물들어 가는 저녁 바다를 보고 있을 때였죠. 촤라락, 오래전 닫아 둔 서랍이 열리고 이야기들이 파도처럼 쏟아져 나왔습니다. 그제야 어른은 어린 시절 간직하고 있던 꿈을 기억해 냈어요. 그리고 더 늦기 전에 잃어버린 꿈을 찾아 떠나기로 했지요.

유난히 무덥던 2018년 여름, 저는 바다를 그리며 「푸른 머리카락」을 썼습니다. 바다와 외계인과 친구. 「푸른 머리카락」은 제 어린 시절 추억을 고스란히 담은 이야기입니다. 제게 좋은 기회를 주신 심사위원님들, 한낙원 선생님의 유족분들,

『어린이와 문학』 관계자분들께 진심으로 감사드립니다. 그리고 이렇게 멋진 책을 만들어 주신 사계절출판사 편집부 선생님들, 정말 고맙습니다.

저를 지구라는 아름다운 행성으로 데려온 엄마 아빠, 사랑해요.

수상 작가
신작

로이 서비스

남유하

ᄃ-ᄃ

　할아버지, 정확히 말하면 외할아버지 댁에 가는 길이었
다. 우리는 모두 검은 옷을 입고 있었다. 아빠는 말없이 운
전을 했고, 나는 조수석에서 해안 도로를 따라 펼쳐진 바다
를 바라봤다. 파도가 모래사장에 밀려올 때마다 뒷자리에
앉은 엄마가 훌쩍이는 소리가 들렸다.
　할아버지의 집은 바닷가에 있었다. 그래서 여름 방학이
되면 엄마와 나는 할아버지 댁에서 한 달씩 지내곤 했다.
그 한 달 동안 아빠는 주말에만 만날 수 있었지만, 아빠가
보고 싶을 틈은 없었다. 할아버지 댁에는 종이책이 엄청나
게 많아서 무슨 책을 읽을지 고르다 보면 시간이 훌쩍 지나
가 버렸기 때문이다. 뜨거운 모래사장에서 뒹굴고 시원한
바다에서 헤엄치는 것만으로도 하루가 모자랄 지경이었는

데 말이다.

그런 즐거운 여름 방학은 재작년, 할머니가 암으로 돌아가시면서 돌연 끝나 버렸다. 엄마는 할머니가 암에 걸린 게 할아버지 탓이라고 믿었다. 할아버지의 무관심으로 인한 외로움이 할머니의 몸속에 암 덩어리로 자리 잡은 거라고 했다. 할머니가 암에 걸린 건 할머니의 생활 습관, 식습관과 유전적 요인이 복합적으로 작용했기 때문이라는 병원의 보고서를 보고도 엄마는 할아버지를 원망했다. 세상에는 그래프와 수치로 나타낼 수 없는 것들이 있어. 엄마는 보고서를 노려보며 말했다. 그래서 재작년 여름부터는 할아버지 댁에 갈 수 없었다. 어차피 나도 방학에 학원을 다니느라 바쁜 처지이긴 했다. 하지만 낮 기온이 섭씨 40도를 넘는 날이면 하얀 파도가 부서지는 모래사장에 엎드려 누렇게 바랜 할아버지의 책을 읽던 일이 무척이나 그리운 게 사실이었다.

아빠가 자율 주행 버튼을 누르고 엄마를 돌아봤다.

"여보, 괜찮아?"

엄마는 대답하지 않았다. 어쩌면 고개를 끄덕였는지도 모른다. 나는 엄마를 돌아보지 않았다. 엄마의 얼굴을 보면 덩달아 눈물이 나올 것 같아서였다. 아랫입술을 잘근거리며 창밖 풍경에만 집중하는데 노란 모래사장에 까만 점 세 개가 보였다. 길쭉한 이등변 삼각형 모양의 점은 곧 세 명의 사람으로 바뀌었다. 어른 둘, 아이 하나. 우리 가족과 같았다. 다만 아이가 남자라는 점이 우리와 달랐다. 셋은 모래로 무언가를 만들고 있었다. 모래성은 아니고, 커다란 나비처럼 보였다.

할아버지 댁에 도착하자, 언제나처럼 체크무늬 남방에 헐렁한 면바지를 입은 할아버지가 우리를 맞아 주었다.

"아빠."

엄마는 울먹이며 할아버지를 포옹했다.

"장인어른, 저희 왔습니다."

아빠는 약간 어색하게 인사하고는, "너도 인사해야지." 라고 말했다. 나는 마지못해 고개를 숙였다. 저건 진짜 할아버지가 아니잖아.

"다인이도 할아버지와 포옹하렴."

엄마가 내 등을 가볍게 밀었다. 어쩔 수 없이 엄마가 시키는 대로 했다. 뻣뻣한 가죽 책 표지 같은 할아버지의 볼이 내 뺨에 닿았다. 할아……버지? 순간 진짜 할아버지에게 안긴 것 같은 착각이 들었다. 하지만 그런 착각은 잠시뿐이었다. 가짜에게서는 할아버지 냄새가 나지 않았다. 할아버지에게서는 잘 발효된 통밀 비스킷 같은 냄새가 났었는데 나는 그 냄새가 좋았다. 안타깝게도 로이 서비스는 고인의 냄새까지 복제하지는 못 하나 보다.

할아버지는 사흘 전 돌아가셨다. 욕실에서 샤워를 하다가 심장 마비를 일으켰다고 했다. 가사 도우미 로봇 낸시가 닫힌 문을 강제로 열고 들어가 심폐 소생술을 했지만, 소용 없었다. 76년을 쉬지 않고 달려온 할아버지의 심장은 영영 멈춰 버리고 말았다. 낸시는 주소록에 있는 가족, 즉 엄마에게 할아버지의 사망 소식을 알리고 주민 센터에 사망 신고를 했다. 우리들과 가짜 할아버지와의 시간이 끝나면 낸시는 할아버지의 유품을 정리하고 임무 해제를 신청할 것이다. 임무 해제가 된 가사 도우미 로봇은 공장으로 회수되어 리셋 된 후, 저소득층 독거노인에게 무료로 제공된다.

엄마는 할아버지의 장례를 우리 집에서 가까운 대학 병원에서 치르기로 했다. 아빠가 회사 일을 마무리하고 오는 동안, 엄마는 상조 회사 직원과 실무적인 일을 처리했다. 엄마는 때때로 감정이 격해진 듯 눈물을 흘리면서도 태블릿 화면에 보이는 각각의 항목을 꼼꼼하게 짚고 넘어갔다.

"로이 서비스를 신청하시겠습니까?"

어느 정도 이야기가 마무리되었을 때, 상조 회사 직원이 물었다. 화면 상단에 '로이 서비스는 좋은 이별을 도와드립니다'라는 광고 문구가 떠 있었다.

"네, 할게요."

"어떤 서비스로 신청하실지 정하셨습니까?"

음악을 듣거나 영화를 보는 서비스들이 그렇듯 로이 서비스에도 베이직, 스탠더드, 프리미엄, 세 종류가 있었다.

"베이직은 가상 현실을 통해 고인을 만나는 서비스이고, 스탠더드는 가장 많이 하시는 서비스로 홀로그램으로 복원된 고인과 함께 지내실 수 있는 서비스입니다. 여유가 있으시다면 프리미엄을 추천하고 싶습니다만……."

직원이 말을 멈추고 엄마를 보았다. 엄마는 계속 설명하라는 듯 고개를 끄덕였다.

"프리미엄 서비스는 고인과 키, 몸무게, 체형이 동일한 안드로이드 동체에 기억을 이식하고 인공 배양 피부를 붙여 고인과 똑같이 만들어 드리는 서비스입니다. 세 가지 모두 인공 지능 딥러닝을 적용한다는 기본적인 메커니즘은 같지만 구현 방식에서 체감하는 차이는 크죠."

"프리미엄으로 해 주세요."

"기간은 어떻게 하시겠습니까? 1개월부터 6개월까지 선택하실 수 있습니다만."

"더 긴 건 없나요?"

"저희도 고객이 원하는 기간만큼 서비스해 드리고 싶습니다만, 아시다시피 워낙 이쪽 업계에 대해서는 법률이 엄격한 잣대를 들이대고 있어서……."

"6개월로 할게요."

엄마는 망설이지 않고 말했다.

그러니까 지금 할아버지 댁에 있는 건 할아버지가 아니라, 할아버지가 생전에 남긴 다양한 기록과 낸시에 저장되어 있는 영상을 기반으로 기억을 이식한, 정교한 기계 인형에 불과했다.

"아빠, 우리 산책 가요."

엄마가 로이의 팔짱을 끼며 말했다. 아무 대답 없이 엄마를 보며 빙긋이 웃는 가짜 할아버지의 모습을 보니 그것이 가짜라는 걸 알면서도 코끝이 시큰해졌다. 엄마와 가짜 할아버지 로이가 나가고 현관문이 닫히자, 아빠는 소파에 털썩 앉아 넥타이 매듭을 잡아당겼다. 나도 아빠 옆에 가서 앉았다.

"다인아, 물 좀 갖다줄래?"

아빠가 물었다. 기왕이면 자리에 앉기 전에 말하지 그러셨어요. 로이 때문에 모든 게 못마땅해진 나는 속으로 투덜거리며 냉장고에 가서 생수 두 병을 꺼냈다. 한 병은 물론 나를 위한 거였다.

"어허, 시원하다."

아빠가 물을 마신 다음 헐렁해진 넥타이를 완전히 풀었다. 나는 그런 아빠를 빤히 보고 있었다.

"말해."

아빠는 내 속이 훤히 들여다보인다는 표정이었다. 그렇

로이 서비스

다면 굳이 마음속에 담아 두고 있을 필요가 없었다.

"아빠, 할아버지가 돌아가셨는데, 이런 게 다 무슨 소용이에요? 우리가 이런다고 할아버지가 살아 돌아오진 않잖아요."

"그래, 할아버지는 돌아가셨지."

아빠가 힘없이 대답했다. 나는 처음부터 로이 서비스가 마음에 들지 않았다. 죽은 사람을 꼭 닮은 안드로이드를 만들어 '좋은 이별'을 할 기회를 주겠다니, 어른들의 위선과 상술이 조합된 장난처럼 느껴졌다. 할아버지는 돌아가셨고, 지금 할아버지의 세상은 암흑, 아니 무(無)일 것이다. 이런 건 엄마의 마음을 달래기 위한 연극에 지나지 않는다. 하지만 아빠에게 그런 생각까지 말할 수는 없었다.

"다인아, 아빠도 네 할머니가 돌아가셨을 때 이런 서비스가 있었다면 신청했을 거야."

아빠는 17년 전 할머니가 돌아가셨을 때, 임종을 보지 못했다. 혼수상태를 헤매던 할머니가 갑자기 정신이 들어 고향인 안동에서 먹었던 참마 양갱을 먹고 싶다고 한 것이다. 아빠의 누나, 큰고모는 할머니에게 VR 헤드셋을 씌우고 참마 양갱을 '맛보게' 했다. 가상으로 구현한 양갱의 맛, 식감, 냄새는 완벽했다. 할머니는 바싹 마른 입술을 오물거리며 맛있다고 했지만, 그 모습을 지켜보던 아빠는 진짜 양갱을 사러 갔다.

"할머니가 그렇게 빨리 가실 줄 알았더라면, 양갱 따위를 사러 가느라 길 위에서 시간을 허비하진 않았겠지."

"하지만 아빠는 진짜 맛을 선물하고 싶었던 거잖아요. 그런 아빠가 로이 서비스를 신청했을까요?"

"응. 했을 거야."

아빠가 자리에서 일어나 내게 손을 내밀었다. 손을 잡자 아빠는 나를 할아버지의 서재로 데리고 갔다. 방에서는 오래된 책 특유의 냄새가 났다. 할아버지의 냄새와 비슷했다. 내가 초등학교에 입학하기 전, 할아버지는 나를 무릎에 앉히고 이 방에 있는 책들을 읽어 주었다. 동화책도 아닌, 할아버지의 전공인 역사와 관련된 책들이었다. 나는 딱딱하고 어려운 말로 쓰인 책의 내용을 이해할 수 없었지만, 그래도 할아버지가 책을 읽어 주는 시간이 좋았다. 감기가 걸려 쉰 듯한 할아버지의 목소리가 좋았고, 어떤 문장을 읽고 난 할아버지가 문득 책 읽기를 멈추고 해 주는 옛날이야기가 좋았다. 할아버지는 전자책으로 책을 읽으면 도무지 읽었다는 느낌이 들지 않는다고 했다. 엄마도 할아버지와 같은 생각이었으므로, 나는 종이책과 전자책 두 종류의 교과서를 갖고 있었다. 종이책 위에 내 손으로 줄을 치거나 무언가를 적어 놓는 일은 전자책의 질감과는 확연히 달랐다.

"저 가짜 할아버지, 안드로이드는 이 책들 중에서 한 권도 읽어 보지 않았을걸요."

"너랑 같은 방식으로 읽지는 않았겠지. 하지만 할아버지가 읽은 책들이니 저 책들을 읽은 기억을 갖고 있지 않겠니? 그런데도 읽지 않았다고 할 수 있겠어?"

"책을 읽은 기억과 책을 읽는 건 엄연히 다르죠. 책을 읽는다는 건, 책장을 넘기고, 문장을 읽고, 그 문장이 말하고자 하는 바를 머릿속에 그려 가며 새로운 세계를 받아들이는 과정이라고 할아버지가 말했어요. 단순히 0과 1로 변환된 기억 데이터를 입력하는 게 아니라요."

"그래, 네가 무슨 말을 하는지 알겠다. 하지만 다인아, 엄마를 위해 함께 있는 동안은 저 안드로이드를 할아버지라고 생각해 주려무나. 엄마는 할아버지를 잃은 슬픔을 극복하려 애쓰는 중이니까, 너도 도와주면 좋겠는데."

"네, 아빠."

걱정 말라는 표시로 어깨를 으쓱해 보였다.

아빠는 샤워를 하겠다며 욕실로 갔고, 나는 거실에 있던 여행 가방을 들고 서재로 돌아와 엄마와 맞춰 입은 검은 원피스를 벗고, 편안한 멜빵바지와 티셔츠로 갈아입었다. 단지 다른 옷을 입었을 뿐인데 마음이 조금은 가벼워졌다. 할아버지의 자리에 앉아 의자를 이리저리 돌리는데 가장 손에 닿기 쉬운 책장에 꽂혀 있는 『열하일기』가 눈에 들어왔다. 총 세 권짜리였는데, 두 번째 권만 유독 손때가 묻어 있었다. 할아버지는 책을 깨끗하게 보는 편인데……. 이 책에 도대체 무슨 내용이 있기에? 할아버지는 좋아하는 구절이 있으면 밑줄을 치는 대신 그 부분에 커다란 괄호를 만들어 놓았다. 나는 어떤 구절인지 찾아보려고 그 책을 뽑아 들었다. 그리고 표지를 넘기자마자 손때가 묻어 있던 이유를 알게 됐다. 표지 안쪽 페이지에 유치원생이 그린 그림이 있었다. 삐뚤삐뚤, 보라색 사인펜으로 그려진 할아버지와 나.

코가 쩡하고 눈앞이 흐려지더니 비가 내리는 것처럼 책장에 눈물방울이 툭툭 떨어졌다. 이럴 줄 알았으면 나 혼자라도 할아버지 댁에 놀러 오는 건데. 손등으로 눈물을 닦으며 책을 덮었다. 밖에서 현관문 열리는 소리가 나더니 엄마 목소리가 들렸다.

"여보, 저녁거리 사러 마트 가자."

"지금 마트에 가자고? 피곤할 텐데 인터넷으로 주문하지 그래? 아님 배달 음식 시켜 먹든가."

아빠가 말했다. 나도 아빠와 같은 생각이었다. 방금 로이랑 산책을 다녀왔으면서 또 마트에 가겠다니.

"아빠랑 오랜만에 만났는데 무슨 배달 음식이야."

"그럼 드론 배송 신청해. 삼십 분도 안 걸릴 텐데."

"여보, 그냥 좀 가자. 얘기도 할 겸."

"어. 그래, 그럼."

아빠가 심드렁하게 대답했다.

"다인이는?"

"서재에 있어."

아빠 말이 끝나기도 전에 엄마가 서재 문을 벌컥 열었다.

"다인아, 아빠랑 마트에 다녀올 테니, 넌 할아버지랑 기다리고 있어. 알았지? 아빠, 그럼 다인이랑 오붓한 시간 보내세요. 우린 마트 다녀올게요."

"그래, 조심해서 다녀오려무나."

로이는 엄마에게 느릿느릿 손을 흔들었다.

검은 원피스를 입은 엄마와 샤워한 후 머리도 말리지 않은 아빠가 밖으로 나가고, 집에는 로이와 나, 단 둘이 남았다. 로이가 서재 앞에 서서 나를 물끄러미 바라봤다. 큰 키에 어깨가 약간 굽은 모습이 정말 할아버지 같았다. 나는 자리에서 일어나 문을 닫아 버렸다. 다시 할아버지의 의자에 앉아 책을 펼쳤지만 내용이 눈에 들어올 리가 없었다.

똑똑, 문 두드리는 소리가 들렸다. 어쩌라고? 나한테도 할아버지 노릇을 하겠다고? 반사적으로 입술에 힘이 들어갔다.

"할애비, 들어가마."

쉰 듯한 목소리와 함께 문이 열렸다. 나는 서재에 들어온 로이를 올려다봤다.

"다인아, 무슨 책을 읽고 있는 게냐?"

로이가 할아버지의 표정을 흉내 내며 물었다. 눈가에 주름이 깊게 잡히며 눈썹이 아래로 처지는 할아버지 특유의 표정이었다. 내가 특히 좋아했던 얼굴. 그래서 더 화가 났다.

"제 앞에서는 할아버지 흉내 내지 마세요."

안드로이드일 뿐이지만, 차마 반말은 나오지 않았다.

"흉내라니, 우리 다인이가 또 엉뚱한 소리를 하는구나."

"물론 그쪽…… 할아버지는 자기가 우리 할아버지라는데 한 치의 의심도 없겠지만, 그건 할아버지가 그렇게 프로그래밍 됐기 때문이에요. 할아버지는 사람이 아니라 안드로이드라고요."

"허허, 녀석 꿈을 꿨나."

로이는 내 말을 전혀 알아듣지 못한 듯 헛웃음을 웃으며 힘없는 걸음걸이로 창가에 갔다. 머리카락이 약간 눌린 뒤통수와 구부정한 어깨를 보자 눈두덩이 뜨거워졌다. 그래, 진짜 잘 만든 건 인정. 코를 훌쩍 들이마시는데, 로이가 천천히 나를 돌아봤다.

"다인아, 할애비한테 하고 싶은 얘기가 있지?"

"저기요, 제 말을 못 알아들으시는 것 같은데 엄마는 어떨지 몰라도 저는 그쪽을 우리 할아버지라고 생각하지 않거든요. 그러니까 제 앞에서는 이런 멍청한 연극 안 해도 돼요. 저 책 읽을 건데 방해되니까 나가 주실래요?"

"그래, 할애비가 졌다. 나중에 또 얘기하자꾸나."

로이가 느릿느릿 서재를 나갔다. 문이 닫힌 다음에야 나는 참았던 숨을 몰아쉴 수 있었다.

마트에서 돌아온 엄마는 할아버지가 좋아하는 대구탕을 만들었다. 계란찜과 돼지고기감자조림도 할아버지가 좋아했던 음식이었다.

"오늘이 내 생일 같구나."

로이가 젓가락으로 감자를 집어 입에 넣고 천천히 씹었다. 가식적이다. 안드로이드의 식도로 넘어가 봤자, 에너지원이 될 것도 아니고 안드로이드의 깡통 배 속에서 전부 급속 건조돼 버릴 텐데.

"이게 무슨 낭비야."

숟가락으로 계란찜을 퍼먹으며 중얼거렸다. 아빠가 눈에 힘을 주고 나를 노려봤다. 엄마는 대구 가시를 발라내어 로이의 밥그릇에 놓아 주느라 바빴다. 어휴, 내가 아는 한 엄마는 할아버지에게 저렇게 살갑게 대한 적이 없었다. 엄마는 지금 죄책감을 덜고 싶은 거겠지. 그렇지만 아무리 좋게 생각하려 해도 이건 바보 같은 짓이다.

"할아버지, 로이 서비스라고 들어 봤어요?"

나는 로이를 보며 물었다. 방금 전까지 미소를 머금고 있던 엄마 얼굴이 순식간에 굳어졌다.

"로이 서비스? 난 들어 본 적이 없는 거 같구나. 요즘 학생들 사이에 유행하는 게냐?"

로이가 눈썹을 위로 올리며 대답했다.

"아뇨, 할아버지, 그런 건 아니고요. 로이 서비스가 뭐냐면요."

"다인아, 그만해."

엄마가 미간에 주름을 잡으며 말했다. 왜? 자신이 안드로이드라는 것을 모르는 로봇에게 사실을 알려 주는 게 나쁜가? 진짜 우리 할아버지라면 로이 서비스를 모를 리가 없을 텐데, 저 안드로이드를 할아버지와 똑같이 만든다면서 로이 서비스에 대한 기억만 제거한 건 반칙이잖아?

"전 그만 먹을게요."

탁, 식탁 위에 젓가락을 내려놓고 일어났다.

"윤다인, 앉아."

"싫어, 밥맛 없으니까 인형 놀이는 엄마나 하라고."

"야, 윤다인! 너 엄마한테 그따위로 말할 거야?"

"엄마는? 할아버지한테 잘했어? 그래서 지금 이 난리야?"

울지 않으려고 했는데, 물풍선처럼 팍, 하고 눈물이 터져 나왔다. 소파로 가서 아빠가 벗어 놓은 양복 주머니를 뒤졌다. 그리고 자동차 키를 꺼냈다.

"난 집에 갈 거야. 아빠, 나 데려다줄 거지?"

아빠가 고개를 가로저었다. 아빠도 한통속이라 이거지. 다 필요 없어. 자율 주행 모드로 가면 되니까. 나는 자동차 키를 들고 집을 뛰쳐나왔다. 엄마는 나를 잡을 생각도 하지 않았다.

— 등록된 사용자가 아닙니다.

시동을 걸려고 키를 꽂을 때마다 같은 말이 반복될 뿐이었다. 그제야 엄마가 나를 잡지 않은 이유를 깨달았다. 자동차에 키즈락을 걸어 놨을 줄이야. 지갑도 챙기지 않고 성급히 나온 걸 후회했다. 우리 집에 돌아갈 방법이 없는 것이다. 그렇다고 쪼르르 할아버지 집으로 다시 들어가고 싶지는 않았다.

나는 바닷가를 향해 걸음을 옮겼다. 오늘따라 유난히 창백한 달이 나를 내려다보고 있었다. 바다가 가까워지자 짭조름한 바다 냄새가 나기 시작했다. 9월이 되었어도 낮에는 더웠는데 밤이라 그런지 바닷바람이 꽤 쌀쌀했다. 파도가 발에 와 닿지 않을 만큼의 거리를 두고 걸어가는데 저멀리 모래사장에 앉아 있는 사람이 보였다. 이 밤에 혼자 바다를 보고 있다니, 수상한 사람인가 긴장하면서도 뒤돌아 갈 생각은 들지 않았다. 그 사람과의 거리가 점점 가까워졌다. 얼굴이 희고 마른, 내 또래 남자애였다. 바닷바람에 날리는 부드러운 곱슬머리 때문이었을까. 불량하거나 위험해 보이지는 않았다. 남자애는 모래로 만든 형상을 보고 있었다. 자기 몸집보다 더 큰 인어 조각이었다. 나비 모양으로 펼쳐진 인어의 꼬리지느러미를 보자 긴장이 풀렸다. 내가 낮에 차 안에서 본, 부모님과 함께 해변에 있던 소년이었다.

"안녕."

그 애가 내게 인사했다.

"안녕."

나도 인사했다. 그리고 그 애를 지나쳐 갔다. 한 20미터쯤 지났을 때, 뒤돌아 그 애에게 다가갔다. 나를 본 그 애가 자리에서 일어나 바지에 묻은 모래를 털었다.

"저기……."

나는 그 애에게 말을 걸었다. 어디서 그런 용기가 나왔는지! 아마도 누군가와 얘기하고 싶었나 보다.

"그거 인어야?"

"응."

그 애가 웃는 얼굴로 고개를 끄덕였다.

"진짜 잘 만들었다."

"그치? 엄마 아빠가 도와줬어."

"알아. 나, 아까 낮에 너 봤어."

"언제? 난 못 봤는데."

"어, 못 봤을 거야. 차 타고 가다가 본 거니까. 넌 이 근처에 사는 거야?"

"응. 저기 보이는 집이 우리 집이야."

그 애가 모래사장 너머에 있는 하얀 2층 건물을 가리켰다.

"너는?"

"난 저쪽에. 근데 저기 사는 건 아니고 할아버지 댁에 왔어. 우리 집은 서울이고."

"아, 그렇구나."

"사실은 할아버지가 돌아가셨어."

"저런, 너희 아빠가 많이 슬퍼하시겠다."

"음……. 외할아버지야."

"아, 엄마가 더 슬퍼하시겠구나."

"글쎄, 잘 모르겠어. 엄마랑 할아버지는 사이가 안 좋았거든."

그 애가 안타까운 표정을 지었다. 나는 괜한 말까지 해 버린 것 같아 짐짓 화제를 돌렸다.

"난 윤다인이라고 해."

"아, 나는 지호야, 한지호."

"난 중1, 넌?"

"나랑 동갑이겠네. 나도 학교에 계속 다녔다면 중1이니까."

"어? 학교를 안 다니는 거야?"

그러고 보니 학교를 다닌다면 평일 낮에 한가하게 모래 조각을 할 수는 없을 것 같았다.

"아, 난…… 몸이 좀 아파서 쉬고 있는 중이야."

"그렇구나."

뭐라 위로의 말이라도 해야 하나 고민하는데 주머니에서 휴대폰이 울렸다. 엄마였다. 심지어 홀로그램 영상 통화였다. 받고 싶지 않았지만 휴대폰 위에 엄마 얼굴이 달처럼 떠 있는데 받지 않으면 좀 이상해 보일 것 같았다.

"전화 좀 받을게."

지호에게서 몇 발자국 떨어져 그 애를 등지고 전화를 받았다. 엄마는 화가 났다기보다는 피로해 보이는 얼굴을 하고 있었다.

"너 어디야?"

"바닷가."

"늦었어, 빨리 들어와."

"싫어."

"야! 윤다인, 너 진짜."

엄마의 미간에 주름이 패고 목소리가 커졌다. 지호를 돌아보니 호기심 어린 표정으로 내 쪽을 보고 있었다. 지호가 보고 있는데 엄마와 싸우고 싶지는 않았다.

"나 친구랑 있거든. 좀만 더 있다 들어갈게."

"친구? 무슨 친구?"

"이 동네 사는 친구, 산책하다 만났어."

나는 화면을 돌려 내 배경으로 지호가 나오게 했다. 지호를 본 엄마의 입술이 왼쪽으로 모아졌다. 장난스러운 일을 꾸미거나 뭔가를 흥미로워할 때 짓는 표정이었다. 남자 친구? 엄마가 입 모양으로만 말했다. 나는 눈썹을 잔뜩 우그러뜨렸다.

"그래, 그럼. 조금만 놀다 와."

"알았어."

전화를 끊고 지호에게 다가갔다.

"엄마 닮았구나."

지호가 내 얼굴을 보며 말했다.

"그런가? 그런 말 많이 듣기는 해. 넌? 누구 닮았어?"

"난 아마 반반씩 닮았나 봐. 아빠를 본 사람은 나보고 아빠 닮았다고 하는데, 엄마를 본 사람은 또 엄마 닮았다고 하거든."

"지호야, 한지호."

멀리서 지호를 부르는 목소리가 들렸다. 지호의 엄마였다.

"들어가 봐야겠구나."

나는 아쉬움을 감추며 쿨한 척 말했다.

"나 누구 닮았는지 확인해 볼래?"

지호가 예상치 못한 질문을 던졌다.

"응?"

"우리 집에 잠깐 들렀다 가라는 말이야."

"이 시간에 초대하는 거야? 너무 늦었는데?"

"괜찮아. 사실 우리도 휴가 온 거라서."

지금 막 만났는데 부모님께 인사를 드리다니, 이건 너무 진도가 빠른 거 아니야. 혼자 엉뚱한 생각을 하다가, "좋아, 너만 괜찮다면." 불쑥 허락을 해 버렸다.

지호의 집까지 가는 짧은 시간 동안 서먹한 기분에 아무 말도 할 수 없었다. 게다가 아줌마는 나랑 지호가 걸어오는 모습을 현관 앞에 서서 줄곧 지켜보고 있었다.

"안녕하세요."

"그래, 어서 와."

아줌마가 흐뭇한 얼굴로 나를 맞아 주었다. 나는 지호를 따라 집 안으로 들어갔다.

"여보, 지호 친구랑 인사해요."

아줌마의 말에 거실 소파에 앉아 있던 아저씨가 일어났다.

"어서 오려무나."

아저씨가 내게 푸근한 미소를 지어 주었다.

"안녕하세요."

나는 최대한 밝은 얼굴로 예의 바르게 인사했다.

"뭐 마실래? 우유? 오렌지주스?"

아줌마가 주방으로 가며 물었다.

"우유 주세요."

나는 지호를 따라 식탁에 앉았다. 아줌마도 우유와 비스 킷을 내주고는 지호 옆에 앉았다. 우리는 네모난 식탁에 마주 앉아 서로를 탐색하듯 바라봤다. 부드러운 갈색 곱슬머리는 아저씨를 닮은 게 분명했지만, 그걸 제외하면 지호는 단숨에 모자지간임을 알아볼 수 있을 정도로 아줌마를 빼다 박았다.

"우리 지호 첫 여자 친구구나."

아줌마가 지호를 보며 대견하다는 듯 말했다.

"엄마, 무슨 소리야. 다인이랑은 방금 전에 만났는데!"

지호가 억울하다는 얼굴로 말했다. 그 애의 창백한 볼이 연분홍빛으로 물들었다.

"하지만 우리 지호 성격에 마음에 없는 친구를 집에까지 데려올 리는 없지. 안 그래?"

아줌마는 미소를 지으며 지호의 머리를 쓰다듬었다. 어딘지 모르게 슬퍼 보이는 미소였다. 지호는 어디가 아픈 걸까? 모래성도 만들고 바닷바람도 쏘이는 걸 봐서 많이 아픈 것 같진 않은데. 궁금했지만 물어볼 수 없었다.

"엄마, 다인이한테 내 방 구경시켜 줘도 돼요? 내가 만든 우주 기지 보여 주고 싶은데."

지호가 아줌마와 나를 번갈아 보며 물었다.

"그래, 구경만 시켜 주고 바로 내려온다면."

"바로 내려오라고? 내 방에서 놀면 안 돼요?"

"안 돼. 우주 기지만 보여 주고 내려와야 돼."

아줌마가 초조한 듯 손목시계를 보며 말했다. 지호의 말이라면 다 들어줄 줄 알았는데 조금 뜻밖의 반응이었다. 혹시 내가 온 게 불편한데 참고 있는 걸까? 그리고 보니 아저씨는 나랑 인사를 나눈 후부터 심각해 보이는 얼굴로 소파에 앉아 있었다.

"다인아, 올라가자."

지호의 방은 2층에 있었다. 나는 지호를 따라 계단을 올라갔다. 우아, 지호의 방에 들어선 순간 탄성이 흘러나왔다. 지호가 만든 거대 우주 정거장에는 화성으로 가는 우주선들이 정박해 있었고, 지구와 우주 정거장을 잇는 철도 위에는 궤도 열차가 달리고 있었다. 지호의 방은, 작은 우주였다.

"내 꿈은 우주 비행사였어."

지호가 과거형으로 말했다. 가슴이 쿵 내려앉았지만 모르는 척 물었다.

"지금은? 뭐가 되고 싶은데?"

"너 같은 사람."

"응?"

"건강해서 뭐든지 될 수 있는 사람."

"지호 너도, 곧 나을 수 있을 거야."

목구멍에서 올라오는 뜨거운 기운을 삼키며 말했다. 그런 나를 보며 지호는 다시 밝은 미소를 지었다.

"저기 다인아, 내일도 우리 집에 놀러 올래?"

"그래, 그럴게."

지호야, 아줌마가 계단 아래서 지호를 부르는 소리가 들렸다.

곧 내려가겠다고 말한 지호가 우주 정거장에서 엄지손톱만 한 우주선 하나를 꺼냈다.

"이거 너, 가져."

내가 손바닥을 오므려 내밀자 지호는 내 손 한가운데에 우주선을 정착시켰다. 나는 우주선의 날개가 부러지기라도 할까 봐 주먹을 살며시 쥐었다.

아줌마는 시원하게 뚫린 거실 창 앞에 서 있었다.

"지호가 어려서 여기 바닷가를 좋아했거든. 바닷물이 너무 깨끗하잖아, 모래도 곱고."

아줌마가 서서히 내 쪽을 바라보며 말했다. 나는 그렇다는 의미로 고개를 끄덕였다.

"지호가 병원에 있었을 때 한번은 가장 좋았던 기억을 물었는데…… 여기서 모래 인어를 만들었던 게 너무 좋았다고 하더라고. 나는 그게 그렇게 그 애에게 특별한 기억일 줄 몰랐거든."

아줌마가 지호를 옆에 두고 '그 애'라고 불렀다. 지호도 무슨 소리냐는 얼굴로 자기 엄마를 바라봤다.

"여기에 더 일찍 왔어야 했어."

코끝이 빨개진 아줌마가 또 손목시계를 봤다. 누구를 기다리는 것 같기도 했는데, 몹시 불안해 보였다. 그때였다. 창유리 너머로 빨간 밴이 보였다. 밴은 지호의 집을 향해 오고 있었다.

"여보, 그 사람들이 오나 봐. 어떡하지? 우리 어떡해?"

아줌마가 허둥지둥 소파로 가자 아저씨가 일어났다.

"이제 그만하자. 당신도 알잖아. 이런다고 지호가 돌아오진 않아."

귀로는 아저씨의 말을 들으면서 눈으로는 '로이 서비스'라는 글자가 새겨진 빨간 밴이 지호의 집 앞에 서는 걸 보고 있었다. 남자 두 명이 차에서 내렸다. 한 명은 할아버지의 장례식장에서 본 직원처럼 검은 양복을, 한 명은 등에 로이 서비스라고 쓰인 회색 유니폼을 입고 있었다. 곧이어 벨 소리가 들렸다.

"로이 서비스입니다."

문밖의 남자가 말했다. 아저씨가 아줌마를 보고는 고개를 한 번 끄덕였다. 아줌마는 발목에 무거운 추가 달린 사람처럼 천천히 현관으로 갔다. 아저씨는 팔짱을 낀 채 입술이 보이지 않을 정도로 입을 꾹 다물고 있었다. 그사이 초인종이 두 번 더 울렸다. 아줌마가 문을 열자, 남자 둘이 안으로 들어왔다.

"고객님, 로이 서비스 이용 기한이 만료됐습니다."

검은 양복을 입은 직원이 손에 자동차 키랑 비슷하게 생긴 리모컨을 들고 지호에게 다가갔다. 아줌마가 황급히 직원을 막아섰다.

"연장 서비스 신청할게요. 일주일만 더요, 네?"

"고객님께서는 이미 연장 서비스를 이용하셨습니다. 미성년자의 경우, 1회의 연장 서비스가 가능하지만, 더 이상은 불가합니다."

"그럼 잠깐만, 작별 인사 할 시간이라도 주세요."

"고객님, 이러시면 서로 힘들어질 뿐입니다. 고객님이 저희한테 아무런 공지 없이 이곳에 오는 바람에 저희도 회수가 지연됐습니다."

"추가 비용은 얼마든지 지불할게요. 잠깐만, 5분이면 돼요."

지호는 어리둥절한 표정으로 아줌마와 직원을 번갈아 봤다. 나는 보지 말아야 할 장면을 보고 있다는 생각에 마음이 몹시 불편했다.

"죄송합니다. 규정 위반이라 저희도 어쩔 도리가 없네요."

"저 아저씨들이 뭐라는 건지 잘 모르겠어."

지호가 내 귀에 속삭였다.

"그러게, 나도 잘 모르겠는데……."

입에서 거짓말이 나왔다. 차마 너를 데려가려는 거야,라고 말할 수는 없었으니까.

나는 아줌마에게 지호와 작별 인사 할 시간을 벌어 주고 싶었다. 그래서 직원과 아줌마 사이에 일부러 끼어들며 말했다.

"말씀 중에 죄송하지만…… 저는 이만 집에 가 봐야 할 것 같아요."

아줌마가 당황한 얼굴로 나를 봤다. 지호랑 작별 인사요, 나는 엄마처럼 입 모양으로 말했다. 아줌마는 얼른 알았다는 눈짓을 했다.

"그래, 너무 늦으면 엄마가 걱정하실 테니까."

아줌마가 내게 말하며 옆으로 와서 지호의 손을 잡았다.

"잘 있어, 지호야."

나는 일부러 큰 소리로 말했다.

"다인아, 내일 몇 시에 올 수 있어?"

지호가 아쉬운 표정으로 물었다. 아줌마가 흡, 숨을 삼키는 소리가 들렸다. 리모컨을 든 검은 양복의 손이 미세하게 떨리고 있었다.

"글쎄, 점심 먹고 한 시 반쯤?"

내 목소리도 떨렸지만, 지호는 눈치채지 못한 듯 빙긋 웃었다. 빨리 초기화를, 유니폼이 검은 양복을 재촉했다.

"지호야, 사랑해, 우리 아들."

아줌마가 무너지는 모래성처럼 무릎을 꿇고 지호를 안았다.

"엄마, 친구 앞에서 왜 이래."

지호가 부끄러워하며 아줌마의 품에서 빠져나갔다.

"그럼, 이만."

검은 양복이 말했다. 아줌마는 검은 양복을 향해 고개를 끄덕였다. 검은 양복이 리모컨의 버튼을 누르자, 지호의 얼굴에 있던 생기가 사라졌다. 유니폼이 무표정한 지호, 아니 로이를 데리고 나갔다. 검은 양복도 서둘러 인사하고 도망치듯 나갔다.

아줌마와 나는 현관에 서서 그들의 뒷모습을 지켜봤다. 그들은 조금 전까지 지호였던 안드로이드를 빨간 밴에 태웠다. 순간 아줌마가 뛰쳐나가려 했다. 나는 아줌마의 손목을 잡았다. 그리고 빨간 밴이 사라질 때까지 손을 놓지 않았다.

"미안하다."

아줌마가 사과했다.

"지호가 살아 있을 때 너 같은 친구를 사귈 수 있었으면 좋았을 텐데. 하지만 지금이라도 만나서 다행이야. 지호가 여자 친구를 사귀었다면 꼭 그런 표정을 지었을 테니까."

나는 아줌마를 안아 주었다. 처음 만난 사람을 안는다는 건 상상도 할 수 없는 일이었지만, 지금은 그래야만 할 것 같았다. 아줌마는 숨 쉬기 답답할 정도로 나를 꼭 끌어안았다. 아저씨가 밖으로 나와 아줌마의 어깨를 감싸 안을 때까지 줄곧.

　돌아오는 길은 멀게만 느껴졌다. 할아버지의 집은 보이지 않고, 발이 푹푹 빠지는 모래사장이 언제까지나 이어지고 있었다. 문득 겁이 났다. 이렇게 걷고 또 걷다 모래로 만든 인어처럼 파도에 휩쓸려, 바닷속으로 사라져 버릴 것만 같았다.

　나는 운동화를 벗어 들고 달렸다. 할아버지 댁의 하얀 지붕이 보일 때까지, 숨이 차고 다리가 풀려 비틀거려도 아랑곳하지 않고 달렸다.

　할아버지가 보고 싶다. 할아버지와 함께 책을 읽고 싶다. 책을 읽어 주는 할아버지의 목소리가 듣고 싶다. 할아버지의 손을 잡고 바닷가를 걷고 싶다……. 괜찮아. 아직은 슬퍼하지 않아도 돼. 로이는 할아버지가 아니지만 그래도 할아버지니까.

남유하

「로이 서비스」는 좋은 이별은 무엇일까에 대한 고민에서 나온 이야기입니다. 죽음은, 사랑하는 사람과의 영원한 이별입니다. 그 사람의 얼굴을 다시는 볼 수 없고, 그 사람의 냄새를 다시는 맡을 수 없고, 그 사람의 목소리를 다시는 들을 수 없고, 그 사람의 체온을 다시는 느낄 수 없기에 더욱 슬픈 일이지요. 상실의 슬픔 앞에서 우리는 더 성숙한 사람이 될 수도 있고, 베인 마음을 다시 채우지 못한 채 살아가는 사람이 될 수도 있습니다. 언젠가는 누군가와 이별해야 할 여러분께, 저는 이렇게 묻고 싶습니다. "로이 서비스를 신청하시겠습니까?"

고등어

이필원

고등어.

바다에 서식하는 등 푸른 생선의 이름이 연일 사람들의 입에서 입으로 전해졌다. 대화 가능한 상대가 생기면 누구라도 고등어, 하면서 입을 열었다. 티브이와 라디오에선 앵커와 디제이들이, 메신저에서는 수신자와 발신자가, 거리와 학교 또는 빌딩 복도를 오가며 마주친 사람들이 고등어, 하고 말문을 열곤 했다. 누군가 통계를 낸다면 근래 지구에서 가장 발화 횟수가 많은 낱말로 고등어가 꼽힐지도 모른다. 호기심을 얹은 바다 내음이 곳곳에서 출렁거렸다.

미확인 비행 물체는 경기도 용인시의 한 초등학교 운동장 위로 모습을 드러냈다. 반구형의 거대한 비행 물체였다. 엔진 소음 따위는 전혀 들리지 않고 허공에 조용히 정지해 있었는데, 비행 물체를 구경하기 위해 세계 각지에서 사람들이 몰려들었다. 단 하나의 비행체를 향한 관심이 아시아에서 유럽으로, 유럽에서 아프리카로 파도를 타듯이 왔다 갔다 했다.

쏟아지는 입국자들을 제때 이동시키느라 공항 리무진 버스를 증차해야만 했다. 고속도로뿐만 아니라 시내로 이어지는 4차선 도로는 한 시간마다 정체됐다. 결국 도로를 막아 민간인의 출입을 통제했는데, 멀리서나마 비행 물체를 보겠다는 사람들이 끊이지 않아서 별 소용이 없었다.

비행 물체에서 푸른빛이 쏟아져 나온 건 그로부터 일주일 뒤의 일이었다. 있는 줄도 몰랐던 틈새에서 빛이 새어 나오는 것을, 주공아파트 5층에 사는 어느 중학생이 발견했다. 우유에 시리얼을 말아 먹으며 습관처럼 비행 물체를 구경하던 기호는 눈을 커다랗게 떴다. 창밖의 UFO가 갈라진 것 같아! 빛이 나는데!라고 느낌표를 한 대여섯 개쯤 붙여서 외쳤지만 그 시각 집에는 아무도 없었다.

그 집에는 적막이 자주 맴돌았다. 맴돌다가 쌓이는 시간이 많아서 정적인 흐름이 가득한 집이었다. 새벽 여섯 시만 되어도 그랬다. 모두가 잠들어 있어서가 아니라 그중 일부가 집을 비웠기 때문에 고요했다. 할머니는 시장에 나가고 대학생인 누나는 날마다 노량진에 있는 학원에 가야 했다. 먹고사는 생활 패턴을 유지해야 해서 부재중인 상태가 많을 수밖에 없었다.

기호는 집안의 유일한 미성년자였다. 궂은일이나 위험 같은 건 감히 기호에게 접근할 수 없었다. 아무 걱정 말고 기호 너도 누나처럼 공부를 하거라, 하고 홍삼 엑기스를 내미는 할머니의 주름진 손과, 하나뿐인 누나가 넌지시 전하는 격려가 쌓여서 기호를 보호했다. 덕분에 기호는 일단 공부에 매진했다. 그들의 바람과는 다르게 온갖 걱정을 다 하며. 집 안에 적체되어 있는 고요함을 견뎌 내며.

평일 오전 여섯 시 반쯤이면 휴대폰 알람에 맞춰 일어나 5분 정도 미적거리다가 시리얼을 먹고 등교 준비를 하는 것이 기호의 아침 일과였는데, 그날, 비행 물체에서 푸른빛이 새어 나온 날에도 기호는 시리얼을 와작와작 씹으며 창밖을 내다보고 있었다.

어느 한 지점을 부드럽게 응시하는 빛.

명도가 점점 높아지며 눈이 부실 정도로 밝아진 빛이 지상으로 쏟아지고 있었다. 한 줄기 스포트라이트처럼 환해진 그것은 운동장 정중앙을 가리켰다가 어느 지점을 똑바로 향했는데, 공교롭게도 시내에 있는 한 횟집을 비추고 있었다. 정확히 말하자면 그 빛은 횟집 앞에 가로로 길게 놓인 투명한 수조를 가리켰다. 거기에는 언제 잡혀 들어왔는지 알 수 없는 고등어와 광어, 우럭 몇 마리가 입을 뻐끔거리며 간신히 살아 있었다.

빛의 방향을 추적한 전 세계 언론은 당황했다. 그날부터였다. 촬영 기자들은 비행 물체와 횟집을 오가며 현장을 생중계했고, 예고 없이 카메라 앞에 서게 된 횟집 주인 부부는 말을 더듬으면서 자신들이 이곳에서 벌써 십 년 넘게 횟집을 운영하고 있으며, 그사이 은행에 진 빚은 다 갚았고 월세는 단 한 번밖에 밀리지 않았을 정도로 성실하게 살았다는 얘기까지 전 세계인들에게 털어놓았다.

부부는 저 UFO가 어째서 횟집에, 그것도 수조에 수상한 빛을 쏴 대는지 알 수 없다고 고개를 저었고, 인터뷰는 점점 그들의 사적인 자랑으로 이어졌기 때문에 윗선에서 커트되었다. 이후 횟집 부부의 행방은 알 수 없고 '활어 취급'이라고 써져 있는 오래된 간판은 아직까지 불빛이 꺼져 있다.

뉴스거리가 매일 새로 생겨났다. 물을 주지 않아도 자라나는 잡초처럼 여기저기서 뉴스가 생성됐다. 외계 비행 물체를 중심으로 온갖 소문이 공전하는 꼴이었다.

모든 가능성을 열어 두느라 모든 일들이 연결되어 뉴스로 취급됐는데, 언론은 해양 수산 과학자부터 어부, 해산물을 주로 요리하는 셰프까지 불러서 비행 물체의 빛과 수조의 연관성을 어떻게든 밝혀내고자 했다.

기호가 자습 시간에 몰래 이어폰을 꽂고 듣던 라디오에서는 한 어부의 인터뷰가 흘러나오고 있었다.

— 사실 생선은 이상하게 미끌거리잖아요. 그 번뜩거리는 눈알을 보고 있으면 바다엔 정말 이상한 것들이 많이 살고 있구나 싶은데 그것들은 참 맛있고…….

인터뷰는 얼마 안 가 중단됐지만, 기호는 어부의 거칠거칠한 목소리를 자꾸 생각했다.

— 외계인은 아마 생선처럼 미끌거리지 않겠어요? 어쩌면 생선처럼 생겼을 수도 있겠지, 안 그렇습니까? 왜, 애들 보는 만화 영화에서…….

그렇다면 외계인은 자신들의 정체가 생선과 다르지 않다는 걸 먼저 밝히려고 가까운 횟집의 수조를 가리킨 걸까?

일종의 예고로 말이다.

기호는 집에 돌아오는 길에 폴리스 라인이 설치된 초등학교를 멀리서 건너다보며 골똘히 생각했다.

비행 물체에서 새어 나온 빛은, 인간들이 생선처럼 반질거리는 외계 생명체의 모습에 놀라 자빠지는 불상사를 막기 위한 배려의 빛인지도 모른다.

그게 아니라면 그들은 단지 배가 고픈 걸 수도 있겠다.

우주를 건너다가 들른 이 푸른 별에서 어쩌면 부족한 식량을 채워 가려는 것이고, 이 땅에서 그들이 먹을 수 있는 유일한 음식이란 하필 생선이며, 불법 어선처럼 갑자기 침범해 생선을 쓸어 가는 대신 빚으로써 부탁하는 걸지도 모를 일이다. 생선이 먹고 싶다고 모습을 드러내기엔 위험 부담이 컸으므로 수조 속의 고등어와 광어, 우럭 같은 걸 가리키며 좀 달라고 하는 거다!

여기까지 생각하던 기호는 순간 발치를 스치는 어떤 촉감 때문에 비명을 지르며 폴짝 뛰었다.

"깜짝이야."

발목에 뺨을 비벼 대는 털뭉치의 정체는 동네를 오갈 때마다 마주치는 검은 줄무늬 고양이였다. 기호와는 안면을 튼 지 일 년 넘은 성묘였는데, 가끔 참치 캔을 사 주던 걸 기억하는 것인지 고양이는 기호가 동네를 걷고 있으면 어디선가 나타나 냥냥거리며 달려왔다. 대부분의 사람들에게 친근하게 다가가는 걸 보면 아마 누군가 키우다가 버린 고양이인 것 같다.

"배고프냐?"

무릎을 굽히고 앉자 고양이가 기호의 손바닥에 얼굴을 기대며 눈을 감았다 떴다. 기호는 난처한 얼굴로 고양이의 목덜미를 쓰다듬어 줬다. 오늘은 참치 캔을 살 돈이 없었다.

"미안."

고양이가 냐아, 울었다. 콧등을 살살 쓰다듬어 주자 아예 바닥에 드러눕는다. 고양이의 수염, 고양이의 꼬리, 고양이의 눈인사를 지켜보느라 기호는 외계 비행 물체의 존재를 잠시 잊었다.

집에 돌아오자 어둠만이 기호를 반겼다. 학교에서 집중이 잘돼 공부에 막힘이 없었던 날이면 빈집이 유난히 쓸쓸하게 느껴졌다. 오늘 기호는 반에서 유일하게 쪽지 시험을 90점 이상 받아 왔지만, 아무도 없는 집에 들어서는 순간 그게 다 무슨 소용인가 싶었다. 조금 전까지 가슴을 가득 메웠던 뿌듯함은 집에 온 지 5분도 안 되어 완전히 사그라들었다.

빈집.

집이 비어 있다.

혼자다.

나는 혼자.

아무도 없다.

생각이 생각으로 엉켜들 때면 기호는 집 안의 모든 불을 켜 놨다. 화장실의 전등까지.

할머니나 누나가 집에 오려면 아직 서너 시간은 더 기다려야 한다. 2인용 식탁 위에 시험지를 반듯하게 펼쳐 둔 기호는 잠시 그 앞에 멍하니 섰다. 시험지에는 기호가 적어낸 정답 주위를 빨간 동그라미가 빼곡하게 감싸고 있었다.

수많은 동그라미를 보고도 칭찬해 줄 사람이 없으니 허

전함이 밀려왔고, 기호는 얼른 휴대폰의 라디오 어플을 켰다. 몇 초간의 버퍼링 후 전에 맞춰 둔 라디오 채널이 바로 재생되었다.

— 어쩌면 저 '손님'들이 인간에게 원하는 건 생선일지도 모릅니다. 유일하게 조리된 생선류만 먹을 가능성이 크죠. 그래서 인간이, 한국인이 직접 양념을 쳐서 요리한 생선을 맛보고 싶은 걸지도요. 음, 해물탕 같은 거요. 그런 게 아니라면 굳이 모습을 드러낼 필요가 없었겠죠. 남태평양이나 대서양에서 생선만 포획하고 사라졌겠죠.

디제이가 아닌, 섭외된 누군가가 열변을 토하고 있었다.

— 어째서 대한민국에, 어째서 경기도에, 어째서 용인시의 외곽에 나타났는지는 이제 논외로 두고 왜 하필 횟집의 수조를 비추고 있는지 먼저 밝혀내야 합니다.

그래야만 그들의 다음 행동을 더 빨리 예측할 수 있다면서, 여자가 목소리를 높였다.
시간이 다했는지 인터뷰는 다음 순서로 넘어갔다. 대테러 협상 위원회 소속이라고 소개한 여자 다음으로는, 외교부 장관이 기다리고 있었다.

기호는 시간을 확인하곤 라디오의 볼륨을 좀 더 높였다. 의자를 끌어다 휴대폰 앞에 턱을 괴고 앉았다.

― '손님'들이 어떤 목적을 갖고 영공을 침범했는지 아직 확실하진 않지만, 외교부에선 비상대책위원회를 소집해서 현장에 본부를 설치해 놨습니다. 내일 오전엔 그들과 접촉할 계획이고요.

외교부 장관이 메마른 목소리로 또박또박 말했다.
내일 오전?
기호는 작게 콧방귀를 뀌었다.
내일 아침 해가 뜨기 전에 그들이 폭격이라도 시작한다면 이 일대뿐만 아니라 나라 전체가 위태로워질 텐데 너무 굼뜬 거 아닌가. 걱정과 짜증이 한데 뭉쳤지만 그렇게 몸집이 크진 않았다. 지구 멸망을 자주 꿈꿨다. 그래서인지 기호는 전혀 불안하지 않았다.
남들은 컵라면이나 칼로리바 같은 비상식량을 쟁여 두기 바빴지만 기호의 집만은 그런 것들을 살 여력이 없었다. 그 누구보다 현실과 몇 미터쯤 동떨어진 삶을 살고 있었으므로 외계 비행 물체 같은 건 사실 기호 혼자만 있는 이 집에 아무런 영향도 주지 않았다.
무섭지 않다.

오히려 그들이 폭격을 퍼부었으면 하는 마음마저 든다.

이 지긋지긋한 생활이나, 화염 가득한 세상이나 별반 다르지 않을 것이므로.

톡톡, 식탁 위를 손가락으로 두드리며 라디오에 귀를 기울이던 기호는 별안간 창밖이 밝아져서 눈을 질끈 감았다. 둔탁한 굉음이 울리더니 곧 빛이 쏟아졌다.

다음 날 학교에는 당연히 갈 수 없었다. 휴교령이 내려졌고 언제 그 기한이 끝날지 아무도 몰랐다. 관리 사무소에선 바깥 출입을 자제해 달라는 안내 방송을 두 시간마다 내보냈다.

누나와 할머니도 모처럼 집에 머물게 됐는데, 세 식구가 동시에 한집에 있는 건 캄캄한 밤을 빼고는 거의 없어서 조금 어색한 기운이 돌았다. 뉴스 채널을 틀어 놓은 티브이 소리만 들릴 뿐 집은 여전히 조용했다. 조그만 식탁에 앉아 아침을 먹고 나서 할머니는 주방에서, 누나는 누나 방에서, 기호는 베란다에 나가 라디오만 들었다. 이어폰을 낀 기호의 귓가에 볼륨을 한껏 높여 놓은 뉴스가 흘렀다.

비행 물체에서 또 다른 빛줄기가 쏟아졌다. 이번에는 기호가 사는 주공 아파트 단지의 분리수거장을 가리켰는데, 사람이 사는 범위를 조금 더 직접적으로 가리킨 빛 때문에 많이들 두려움에 떨었다.

횟집의 수조. 아파트의 분리수거장. 빛의 방향은 아무런 뜻도 담지 않은 것처럼 보였지만 위협적이었다.

문제는 빛의 개수가 늘고 있다는 거였다.

비행 물체에서 쏟아져 나오는 빛은 두 줄기에서 세 줄기로, 몇 시간 후 다섯 줄기로, 열 줄기로 갈라지더니 금방 수백 개로 나뉘었다.

피아노 학원. 대형마트. 수령이 백 년 넘은 느티나무. 놀이터의 미끄럼틀…….

같은 물체를 비추는 빛은 하나도 없었다. 방향이 전부 달랐다. 모두 다른 부분을 비추고 있었고, 처음 비행 물체를 보고자 몰려들었던 사람들은 이제 집 밖으로 나오려 하지 않았다. 출국자가 나날이 늘었다.

빛이 사람을 가리키진 않았지만, 언제라도 자신을 지목할 수 있단 생각에 모두가 겁에 질렸다. 비행 물체가 떠 있는 초등학교 주변은 이제 최소한의 방송용 차량과 촬영기자, 긴급 파견된 군부대와 특수 요원들만 남아 한적했다.

반나절 사이 수백 개로 갈린 빛을 분석하느라 각종 전문가들이 투입됐다. 그중에는 이 동네에서 3대째 나고 자란 기호의 할머니까지 포함됐는데, 용인시장보다 더 이 동네 안팎의 사정을 세세히 알고 있다는 이유 때문이었다. 동네 토박이의 말을 참고하면 비행 물체가 왜 하필 이곳에 나타났는지를 파악하는 데 도움이 될 수도 있다는 거다.

오전 열 시.

초인종이 울렸다. 할머니를 모셔 가고자 정부 관계자가 직접 방문했고, 할머니는 조금도 겁먹지 않은 얼굴로 올 게 왔구나, 중얼거리며 나이키 러닝화를 신었다. 일 년 전 기호가 용돈을 모아 사 드린 연보라색 운동화였는데, 할머니는 결전의 날에 무장하는 장수처럼 신발 끈을 꽉 동여맸다. 집을 나서는 할머니의 작은 뒷모습은 왠지 위엄 있어 보였다. 새 러닝화가 바닥을 디딜 때마다 뻑뻑거리며 고무 마찰음을 냈음에도.

지구에서 쓰이는 6000여 개의 언어 중에 가장 많은 인구가 쓰는 언어 30개가 선택됐다. 신중히 고른 지구의 언어가 확성기를 통해 차례대로 흘러나왔다. 보름이 지나자 방송에 쓰이는 언어는 100개로 늘어났다. '지구에 온 목적이 뭡니까?'는 우리말로, 영어로, 중국어로, 일본어로, 프랑스어로 하루에도 몇 번씩 비행 물체를 향해 분사됐다. 거의 허공에 뿌려지다시피 울려 퍼지는 질문에도, 비행 물체는 꿈쩍도 하지 않고 그저 빛만 쏴 댔다.

— 보름 전 우리 외교부에서 플래카드를 설치해 대화를 시도했지만 아무런 응답이 없었습니다. 오늘 우리는 비행 물체와 높이가 비슷한 정명빌딩 옥상에 대형 화면을 설치해 다시 대화를 시도할 것입니다. 지구에, 한국에 방문한 목적이 뭐냐고요.

외교부 장관의 피로감 짙은 목소리가 전파를 타고 흘러 나왔다.

현장에 마련된 천막에는 관계자 외 출입 금지라는 팻말이 달린 채 정부 관계자와 전문가들이 오갔는데, 기호의 할머니도 일주일 동안 그곳에 머물다가 집으로 돌아왔다.

"어땠어요, 할머니?"

누나가 묻자 할머니가 혀를 차며 말했다.

"모르겠다. 다들 아무것도 모르던데. 거기서 모르겠단 말만 수백 번 듣다 왔다."

그렇게 말한 할머니는 휴대폰으로 검색어 순위를 보고 있는 기호를 주방으로 불렀다. 식탁에 나란히 앉은 남매는 할머니가 입을 열길 가만히 기다렸다.

"하나 알게 된 사실이 있는디……."

할머니가 목소리를 낮추고 말했다.

"내가 화장실이 급해 가지고 좀 외진 천막까지 갔다가 들은 거다. 쟤네들, 하늘에 떠 있는 이티인가 뭔가 하는 애들이 원하는 건 '고등어'라드라. 어떻게 어떻게 소통이 된 모양인디, 아니 고등어를 달라니 참. 철분이 부족한가?"

고등어?

기호와 누나는 동시에 물었다.

할머니가 고개를 끄덕거리며 물을 원샷 했다.

동해와 서해뿐만 아니라 전 세계에서 포획한 고등어가 종류별로 수송됐다. 공항과 항구, 터미널을 거쳐 용인까지 산 채로, 또는 죽은 채로 운반된 고등어들은 자신들이 인간의 밥상 위가 아닌 우주에서 온 손님에게 간다는 것을 알까.

비행 물체의 정체는 여전히 아무것도 밝혀진 게 없었고 고등어, 그 등 푸른 생선을 원한다는 사실만이 속보로 보도됐다. 정확히 나흘 후 용인시의 외곽은 생선 비린내로 가득 찼다. 난데없는 바다 냄새 때문에 사람들은 집에서도 향수를 뿌려야 했다.

고등어를 전달해 줄 방법은 하나밖에 없었다. 지상에 고등어가 담긴 수조를 나란히 세워 놓고 기다릴 수밖에.

비행 물체 주변에는 24시간 적외선 카메라 수십 대가 추가로 설치됐다. 그러나 기기마다 녹화된 영상에는 미확인 비행 물체에서 나오는 수백 개의 빛줄기뿐이고, 기대하던 외계 생명체는 찍히지 않았다.

"고등어를 원하는 게 아닐지도 몰라."

비행 물체를 올려다보며 누나가 중얼거렸다.

"저들의 언어로 '고등어'는, '안녕'일 수도 있잖아."

기약 없는 반응을 기다리는 동안 고등어는 지상에서 빠르게 부패되어 갔다. 날렵했던 지느러미들은 비좁은 수조 안에서 흐물흐물해졌다.

도대체 원하는 게 뭐야.

우리 별에 왜 온 건데.

저 빛이 가리키는 건 또 뭐란 말인가!

모두가 지쳐 갈 무렵 바람의 온도가 바뀌었다. 가을이 깊어져 겨울이 오기 시작했을 때 비행 물체가 뱃고동 같은 소리를 냈다. 부피가 어마어마한 물체에서 나온 큰 소리 때문에 근방에 있던 사람들은 귀를 틀어막고 주저앉았다.

하늘이 주홍빛으로 물든 저녁이었다. 비행 물체에서 이제까지 내보냈던 빛과는 차원이 다른 빛줄기를 쏘았다.

빛이 향한 곳으로 달려간 정부 관계자와 특수 요원들은 놀라서 입을 벌렸다. 집 안에서만 생활하다가 몰래 산책 나온 주민들도 너무 놀라 움직이지 못했다. 가까스로 정신을 차린 주민 몇 사람만이 서둘러 도망쳤다.

빛이 쏟아진 곳에는 고양이 한 마리가 꼬리를 통통하게 부풀리고 있었다. 고양이는 사람들의 관심이, 비행 물체의 관심이 한꺼번에 몰린 것이 부담스럽지 않은 듯했고 다만 조금 귀찮아 보였다. 눈부신 빛을 쏘는 비행 물체를 향해 눈을 감은 채 꼿꼿이 앉아 있었는데, 두 개의 귀는 뒤에 선 사람들 쪽으로 한껏 젖히고 있었다.

"고등어……."

오랜 현장 파견 때문에 면역력이 약해진 언어학자가 맹맹한 목소리로 말했다.

"뭐라고요?"

동료가 빛 속의 고양이에게 시선을 뺏긴 채 멍하니 묻자 언어학자가 안경을 고쳐 쓰며 대답했다.

"그들이 바란 건…… 생선이 아닐지도 몰라요."

"네?"

"생선이 아니라고요. 어쩌면……."

"무슨 말을 하는 거예요?"

"고등어."

언어학자가 신경질적으로 웃었다.

"이렇게 검은 줄무늬를 가진 코리안숏헤어를, 이런 고양이를 고등어라고 부르기도 하죠."

"고양이…… 요?"

근처에 있던 어느 연대장과 외교부 참모진의 얼굴이 하얗게 질렸다.

"횟집 수조. 처음으로 빛이 향한 횟집 수조를 오래 관찰했어요. 근처 CCTV도 수백 번 돌려 봤죠. 빛이 비추기 전에 대체 무슨 일이 있었나, 빛이 있고 나서 어떤 변화가 생겼나…… 아무리 보고 또 생각해 봐도 맞아 떨어지는 가설이 없었는데, 이제야 알겠네."

언어학자가 어깨를 들썩이며 웃기 시작했다.

"거기, 고양이 한 마리가 있었어요. 수조 위로 뛰어오르던 검은 줄무늬 고양이. 고등어요!"

도망치지 않고 불빛 가까이에 서 있었는데, 아무도 산책 나온 기호와 누나와 할머니를 눈치채지 못했다. 기호는 빛 쪽으로 용기 내어 걸어갔다. 정부 관계자들과, 카메라를 이고 뛰어온 국내외 기자들은 점점이 번지는 대화에 열중하느라 조그만 중학생을 인지하지 못했다.

"고등어를 원한다고 했지만, 저들은…… 등 푸른 생선이 아니라 코리안숏헤어를 원했던 걸지도 모릅니다. 고등어 무늬요. 빛이 향한 곳의 CCTV를 전부 다시 확인해야 할 거예요, 폐회로 텔레비전에 고양이가 담긴 적이 있는지 없는지!"

언어학자가 거의 환호성을 질렀다.

현장에 있던 사람들은 탄식을 흘렸다.

"고양이라니."

유능한 과학자이자 언어학자가 추측한 '손님'의 목적은 평소에 들으면 농담에 불과했겠지만 지금은 비상사태. 어떤 가능성이든 열어 두고 최선의 결과를 도출해 내야 하는 상황이다. 무엇보다 외계인이 다른 나라도 아닌 대한민국 영토에서 전한 메시지였으므로 '고등어'가 가진 모든 의미를 고려해야 했다. 그렇게 해서 고등어라는 낱말이 사람들의 입에서 입으로, 새로운 뜻을 담아 다시 전해졌다.

낫 피쉬.

잇츠 어 캣.

기호는 공중에 떠도는 속삭임을 놓치지 않고 들었다. 그리 낮지 않은 가능성을 저마다 곱씹으며 사람들은 고개를 끄덕이거나 팔짱을 꼈다.

"지금이야말로 감성 외교가 필요한 시점 아니겠습니까?"

잠자코 상황을 지켜보던 외교부 간부가 대화에 슬쩍 끼어들었다.

딱 한 마리만 데려간다면 지구의 존속과 우주의 평화를 위해 기꺼이 치를 수 있는 출혈이다. 그러나 그 이상을 원한다면, 한국에 서식하는 모든 고양이를, 지구의 모든 고양이를 달라고 나온다면 이쪽에서는 우주 대전이 발발하는 것을 택하는 수밖에 없고, 아무튼 외교부 입장에선 지금껏 해 본 적 없는 외교를 시도할 때가 온 것이다.

기호에겐 잃는 패가 많은 물물교환처럼 느껴졌다. 눈물이 핑 돌았다. 만일 지금 이 고양이는 데려가면 안 돼요, 싫어요, 외친다 해도 세상이 중학생의 마음을 헤아리고 받아들일 것 같지는 않다.

그렇다면…… 작별 인사라도 하자, 더 늦기 전에.

고양이가 고개를 돌렸다.

눈이 마주쳤다. 기호는 허리를 살짝 숙이고 손을 내밀었다. 고양이가 종종 달려와 기호의 손등에 뺨을 비볐다. 사방을 경계하고 있던 군인들이 일제히 총구를 겨누며 자세를 잡았지만 기호는 고양이에게 내민 손을 거두지 않았다.

학생, 이리 와, 얼른 이리 오지 못해, 하는 날 선 목소리가 쏟아지고, 손등으로는 다정함이 흐른다. 이를 지켜보는 무리에서 누군가 "고등어!"라고 들뜬 목소리로 중얼거렸다.

냐아아아.

외계에서 온 이들에게 선택받았을지도 모를 고등어가 당당히 말했다. 아무도 그 발화를 해석할 수 없었지만 기품이 느껴지는 말이었다.

이필원

고양이를 좋아하는 마음과 SF 장르를 향한 동경으로 「고등어」를 쓸 수 있었습니다. 고양이는 줄무늬에 따라 부르는 이름이 다른데 '고등어 줄무늬' 고양이에서 영감을 얻었습니다. 기억 한 조각을 빌려주신 아빠께 감사합니다.

오 퍼센트의 미래

허진희

대한민국의 평균 수명은 백오십 살이다. 지금 내 나이는 열일곱 살. 만약 당신이 나보다 훨씬 나이가 많다면, 당신은 내 젊음을 부러워할지도 모른다. 게다가 나는 또래보다 조금 큰 키에 다부진 몸을 가지고 있고 체력도 좋은 데다 잔병도 없는 편이니, 당신이 내 또래라면 내 체형이나 건강 상태가 부러울지도 모르겠다. 하지만 우쭐댈 생각은 전혀 없다. 잠시 후엔 상황이 완전히 바뀔 수도 있기 때문이다. 어쩌면 당신은 나를 불쌍하게 여기고 위로해 주고 싶은 마음까지 들지도 모른다. 물론 이건 내 추측이다. 앞으로 어떻게 될지는 아무도 알 수 없는 거니까⋯⋯.

내 이름은 전양자. 나는 운동을 좋아하고 책 읽기를 싫어

한다. 좀처럼 가만히 있지 못하는 성격으로, 친구들과 몰려다니며 놀기를 좋아한다. 내가 가장 기분이 좋은 순간은 친구들이 내 이름을 부르며 나를 찾을 때다. 나를 부르는 소리는 크면 클수록 좋다.

"전양자!"

그러면 난 그보다 더 큰 소리로 대답한다.

"기다려! 내가 간다!"

나는 친구들과 워저그르르 몰려다니며 떠들고 놀 때 가장 신난다. 다행히 나와 어울리고 싶어 하는 애들은 항상 넘쳐 난다. 같이 놀던 친구가 지치면 어느새 다른 친구가 옆에 와서 노니까 쉴 틈이 없다. 예전에도 그랬고 지금도 그렇고, 어떤 아이든 나와 친해지고 싶다면 난 언제나 두 팔 벌려 환영이다. 물론 나와 안 맞는 아이들도 있다. 얌전한 애들 말이다. 그 애들은 내가 아무리 재미있는 얘기를 늘어놓아도 심드렁한 표정만 지어 보일 뿐이다. 나는 그런 반응에도 익숙한 편이라 웬만해선 기분이 나쁘지도 않다. 하지만 딱 한 명, 유비의 경우는 달랐다.

유비는 우리 집 옆집에 사는 남자애다. 마주치면 눈인사만 할 뿐 같은 반이면서도 말을 섞은 적이 거의 없다. 잘 모르긴 해도 유비는 조용하고 내성적인 아이처럼 보인다. 항상 혼자 다니고, 책 읽는 모습이 눈에 자주 띄고, 체육 시간엔 종종 구석진 자리에 앉아 있다. 아, 그리고 종이 카드로

곧잘 재주를 부린다. 손이 무척 빨라서 손가락 사이로 움직이는 카드를 보다 보면 눈이 돌아갈 지경이다. 하지만 누가 관심이라도 보일라치면 바로 그만두기 때문에 유비의 손놀림을 보고 싶으면 모르는 척 곁눈질을 해야 한다.

사실 내 머릿속에 유비 하면 떠오르는 인상은 어릴 적 옆집 창문으로 보이던 조막만 한 하얀 얼굴이다. 집 앞 공터에서 정신없이 공을 굴리며 뛰놀다가 문득 고개를 들면 저편 창문으로 보이던 하얗고 말간 얼굴. 태양 아래에서 뛰놀아 본 적이 한 번도 없을 것 같은 뽀얀 얼굴이었다. 이상하게도 나는 그 얼굴에 자꾸 마음이 쓰였다. 병약해 보이는 인상에 측은한 마음이 생겼던 건지도 모르겠다. 그래서 잘해 주고 싶다가도 막상 집 근처나 학교에서 마주치면 어색해서 말도 제대로 걸지 못하고 외려 그 앞에서 더 큰 소리로 떠들어 댔다. 그날도 역시 그랬다.

나는 흥분하면 나도 모르게 목소리가 커진다. 내 이야기를 듣는 아이들이 눈을 반짝이며 맞장구를 쳐 줄 땐 더욱 그렇다. 그날따라 내 얘기가 꽤 재미있었던 걸까. 평소 나와 어울리지 않던 애들도 구석에서 피식피식 웃는 모습이 보였다. 자신감이 붙은 나는 더욱 목청을 높여 이야기를 늘어놓았다. 슬쩍 맨 뒷자리 유비의 눈치를 살피면서 말이다. 그런데 유비는 양미간을 잔뜩 찌푸린 채로 귀를 막고 있었다. 내가 어떤 모습을 기대하고 유비를 쳐다보았는지는 몰라도 그런 모습을 기대하지 않은 건 확실했다.

유비가 손가락으로 관자놀이를 누르다가 귀를 막다가 하는 몸짓을 훔쳐보는 동안 내 목소리는 점점 작아졌다. 천하의 전양자가 그렇게 허무하게 기가 죽다니, 좀처럼 보기 힘든 일이었다. 유비는 내 목소리가 작아진 데에는 아무 관심이 없는 듯했다. 그저 내가 몹시 시끄럽게 굴었다는 점만 기억하는 것처럼 보였다. 고개를 들어 나와 눈이 마주친 유비의 눈빛이 그렇게 말하고 있었다. 시끄럽다고. 그리고 곧 유비의 입술이 유비의 눈빛처럼 움직였다. 시끄러워. 나는 시끄럽다는 말 앞에 욕설이 붙은 것도 똑똑히 보았다.

생각해 보면 참 이상하다. 내 두 귀로 들은 것도 아닌데, 유비의 입 모양은 소리보다 더 아프게 다가왔다. 얼굴이 확 달아올랐다. 부끄러움 때문에 마음이 아픈 건 난생처음이었다. 유비가 욕을 한다는 사실도 충격이었다. 그렇다고 유비에게 단박에 실망한 건 아니었다. 나는 사람에게 쉽게 실망하는 그런 애가 아니다. 그래도 욕을 한 건 좀 심하다는 생각이 들었다. 어느 정도는 실망을 해야 할 것 같았다. 그래서 노력했다. 계속 노력했다. 유비에게 실망하려고.

"양자 너, 내일 그거 가져오는 거 알지? 부모님 동의서."

내 단짝, 보미가 물었다. 보미는 덤벙대는 나를 곧잘 챙겨 준다. 의대에 지원할 만큼 똑똑해서 그런지 뭐든 까먹거나 놓치는 법이 없다. 그러고 보니 예상 수명을 확인할지 말지 부모님 사인을 받아야 하는데 그만 까맣게 잊고 있었다.

"당연하지! 나 안 까먹었다."

"거짓말, 내가 얘기해서 방금 기억났으면서."

내가 눈알을 굴리자 보미가 코웃음을 치며 말했다.

"하긴 양자 너야 걱정 없을 테니까. 너처럼 튼튼한 애는 천년만년 살겠지."

보미가 팔짱을 끼며 말했다. 나는 그저 어깨를 으쓱해 보였다. 보미 말대로 딱히 걱정해 본 적은 없다. 내가 얼마나 살지 언제 죽을지에 대한 문제, 내 수명에 대해서 말이다.

우리 집은 장수 집안이다. 증조할머니는 전 세계 최고령 생존자로 기네스북에도 올랐다. 할머니 할아버지는 물론 부모님도 딱히 병치레를 해 본 적이 없을 만큼 건강하시니 건강 하나는 타고난 집안이라고 할 수 있다. 엄마는 동의서 내용을 제대로 읽어 보지도 않고 쓱쓱 서명을 했다.

나는 가방 앞주머니에 동의서를 접어 넣고 집을 나섰다. 더위가 한풀 꺾인 때라 어쩌다가 한 번씩 선선히 부는 바람에 기분 좋아지는 아침이었다. 절로 콧노래가 나오고 발걸음이 빨라졌다.

"야."

그때 뒤편에서 나지막한 목소리가 날아들었다. 생소한

목소리였다. 왠지 나를 부르는 소리처럼 느껴지지 않아서 그냥 계속 걸었다.

"야, 전양자."

"응?"

그제야 뒤를 돌아보고 놀라지 않을 수 없었다. 내 이름을 부른 사람은 뜻밖에도, 유비였다.

"이거 떨어뜨렸다."

유비의 손에 동의서가 들려 있었다. 잰걸음에 그만 가방 앞주머니에서 빠져 버린 모양이었다.

"어어, 고마워."

목소리가 기어들어 갔다.

"아, 큰일 날 뻔했네."

다시 한번 목청을 가다듬고 한마디 더 뱉었지만 여전히 평소 내 목소리는 아니었다.

"큰일은 무슨, 그게 뭐라고."

"응?"

"수명 말이야. 그거 알아서 뭐 하겠어."

"그런가?"

나는 냉소적인 태도에는 익숙지 않아서 뭐라고 대꾸해야 할지 몰라 어색하게 서 있었다. 유비는 그런 내 모습을 가만히 바라보다가 나보고 먼저 가라는 투로 고개를 모로 까닥했다. 나도 유비와 나란히 걸을 생각은 없었다. 유비와 함께 등교하는 건 아무래도 이상했다. 나는 아직 유비에게 실망하려고 노력하는 중이니까.

일주일이 지나 예상 수명 리포트를 받는 날이 다가왔다. 보미와 나는 후딱 점심을 먹고 체육 수업을 기다렸다. 여름의 끄트머리라고는 해도 한낮의 운동장은 꽤 후덥지근했다. 우리는 곧장 체육관으로 향했다. 체육관에는 아직 아무도 없었다. 우리는 구석에 쌓인 공을 가지고 놀며 점프도하고 구르기도 했다. 공이 체육관 바닥을 울리는 소리가 듣기 좋게 울려 퍼졌다. 그 소리에 있는 대로 흥이 오른 나는보미가 숨 좀 돌린다며 바닥에 주저앉아 있을 때도 두 다리를 멈추지 않고 움직였다.

"나는 아무래도 백 살도 안 될 거 같아."

보미가 숨을 몰아쉬며 말했다. 아무래도 체육 수업이 끝나면 받게 될 리포트가 신경 쓰였나 보다.

"에이, 설마."

나만큼은 아니었지만 보미도 몸이 약한 편은 아니었다.

"아니야, 정말로. 우리 엄마도 겨우 백 살 넘게 나왔는걸."

우울해하는 보미를 보니 문득 유비가 얼마 전에 한 말이떠올랐다.

"근데 수명은 왜 알려 주는 걸까?"

"예측할 수 있으니까……?"

보미가 눈을 깜빡이며 대답인지 질문인지 모를 대꾸를 했다.

"꼭 알아야 하나?"

나는 답을 알지 못하므로 계속 질문했다.

"뭐, 모르는 것보다는 낫잖아. 거기에 맞춰서 인생 계획도 세울 수 있고, 미리 대처도 할 수 있고."

보미가 또깡또깡하게 말했다.

"그런가."

보미처럼 계획 세우기를 좋아하는 성격이라면 주어진 시간을 아는 편이 좋을 듯도 싶었다.

"너는 알고 싶지 않아? 알 수 있는데도?"

나는 선뜻 대답을 못 했다. 자꾸만 유비가 했던 말이 머릿속을 맴돌았다.

"그거 알아서 뭐 하겠어."

"뭐?"

"……라고 누가 그러더라."

"누가?"

"있어. 누구."

보미가 눈을 반짝이며 얼굴을 들이미는 바람에 보미의 코와 내 코가 부딪힐 뻔했다.

"뭐야…… 전양자."

보미의 숨소리에 호기심이 묻어 나왔다. 나는 재빨리 몸을 돌리고 공을 몰아가며 뛰었다. 들킬 만한 것도 없는데 들킬까 봐 가슴이 뛰었다.

"자, 차례대로 리포트 받아 가도록."

담임의 말이 끝나기 무섭게 보미가 재빠르게 줄을 서면서 내게 서두르라고 손짓했다. 세 시간 동안 쉬지 않고 뛴 후라 머리부터 발끝까지 땀에 절어 있던 나는 그냥 자리에서 뭉그적댔다. 보미는 담임에게 속닥거리더니 요령 좋게 내 리포트까지 받아 들고 들뜬 표정으로 다가왔다.

"우리 동시에 같이 보자."

보미가 내 팔을 잡아끌었다. 나는 물에 젖은 솜처럼 무거운 몸으로 따라나섰다.

"준비됐어?"

복도 구석진 곳에 자리 잡고 보미가 물었다. 몹시 긴장한 듯한 표정이었다. 나는 얼떨결에 고개를 끄덕였다.

"하나 둘 셋 하면 동시에 보는 거야. 하나 둘 셋!"

보미의 목소리가 힘차게 울려 퍼졌다. 나는 내 리포트보다 보미의 표정을 먼저 살폈다. 보미의 수명 예측 결과가 걱정되어서였다.

"아, 뭐야…… 예상한 대로네."

시큰둥한 목소리였다. 그래도 표정이 아주 어두워 보이

진 않았다. 내심 다행이라고 생각하면서 내 결과를 확인하려는 순간, 보미가 선수를 쳤다. 그런데 내 리포트를 뺏어 든 보미는 당황한 얼굴로 말을 더듬기까지 했다.

"어, 뭐, 뭐야…… 이거 네 거 맞아?"

전양자. 리포트에 있는 이름은 분명 내 이름이었다. 하지만 수명 예측 결과는 도저히 내 것이라고 생각되지 않았다. 믿을 수 없는 결과였다.

"오십오 세? 이거 뭔가 잘못된 거 아니야?"

보미의 표정이 어두워졌다. 나는 아무 말도 하지 못한 채 멀뚱히 보미의 얼굴과 리포트를 번갈아 바라보기만 했다. 나의 미래가 38년 뒤에 끝난다는 사실을 어떻게 받아들여야 할지 혼란스러워하면서 말이다. 어느새 온몸의 땀이 식고 양팔의 솜털이 선득선득 곤추섰다. 55세. 쉰다섯 살. 갑자기 그 숫자에 내 미래가 저당 잡힌 기분이었다.

그날 이후, 나를 둘러싼 세상이 변해 버렸다. 나는 애초에 거짓말을 할 생각이 없었기 때문에 먼저 수명을 물어보는 애들에게 솔직하게 내 결과를 말해 주었다. 그런데 아무래도 그게 잘못이었던 것 같다. 수명 예측 결과가 비슷하게 나온 애들끼리 어울리는 게 당연한 듯한 분위기가 형성된 것이다. 어쩐지 보미도 내게서 조금 멀어진 것 같아 서운함을 내비치면 보미는 이렇게 말하곤 했다.

"그냥 예상 수명이 비슷한 애들끼리 인맥 구축하고 정보 좀 나누고 하는 거야. 내 진짜 친구는 양자 너뿐이야. 알지?"

보미는 한편으로는 시무룩한 나를 달래고 한편으로는 적극적으로 무리 활동에 참여하면서 양쪽을 오갔다. 자연히 나와 노는 시간은 줄어들 수밖에 없었다.

어느 날 아침 엄마가 뉴스에 신경을 집중한 채 리포트 결과에 대해 지나가는 투로 물었을 때도 사실 나는 솔직하게 말하고 싶었다. 친구들에게 그랬듯이 말이다. 하지만 거짓말을 하고 말았다. 이백 살까지는 거뜬하게 살 거라고. 도대체 왜 거짓말을 한 걸까. 언제까지나 숨길 수 없음을 잘 알면서도 왜 그랬을까. 엄마 아빠보다 내가 먼저 죽을 텐데. 속으로 수없이 되뇌었지만 답을 알 수 없었다. 그쯤 되니 지쳐 버렸고 더 이상 거짓말을 한 이유 따위는 궁금하지도 않았다. 확실히 아는 건 내가 깊이 후회하고 있다는 사실뿐이었다. 그런데 내가 후회하는 건 엄마한테 거짓말을 한 내 행동이 아니었다. 내게 수명 예측 결과를 물어본 아이들에게 거짓말을 하지 않은 것, 그게 내 유일한 후회였다. 거짓말로 넘겼으면 내 곁에는 아직도 친구들이 바글거렸을 텐데 하는 생각에 후회가 밀려왔다.

불현듯 아직 내 수명 예측 결과를 모르고 있는 존재가 생각났다. 외로움에 등 떠밀려 갈 곳 없는 상태가 되자 줄곧 마음 한편에 두고 있던 존재가 불쑥 튀어나왔다. 그런 거 알아서 뭐 할 거냐고 냉담하게 말하던 아이. 수명 예측 결과 발표일에 코빼기도 보이지 않던 아이. 나는 갑자기 그 애가 궁금해졌다.

　나는 유비에게 말을 걸기 위해 호시탐탐 기회를 엿보았다. 아무래도 집에 가는 길이 가장 무난할 것 같았다. 아침은 등교 시간에 쫓기기 마련이고 학교에선 보는 눈이 많을 거라고, 나름대로 머리를 굴려 내린 결론이었다.
　"저기……."
　일전에 유비가 나를 불렀을 때 내가 그랬듯이, 유비 역시 내 목소리가 자신을 부르는 소리라고는 전혀 생각 못 하는지 그저 타박타박 걸음만 옮기고 있었다. 나는 오후의 황금빛 햇살을 뒤집어쓴 유비의 뒷모습을 눈으로 좇으며 다시 한번 목소리를 짜내었다.
　"저기, 유비야!"
　유비의 등이 움찔하더니 천천히 뒤를 돌아보았다. 나를 본 두 눈이 살며시 가늘어졌다가 제 모양으로 돌아왔다.
　"그때 고마웠어."
　"뭐가?"
　"내 동의서 주워 준 거……."
　"어, 그래."

심드렁하게 대꾸하고 몸을 돌리려는 찰나 쪼르르 달려가 자신의 옆자리를 꿰찬 나를, 유비는 황당한 표정으로 바라보았다. 유비의 길쭉한 눈이 위아래로 커졌다가 다시 가늘어졌다.

"옆집이잖아. 같이 가자."

나는 유비의 표정을 못 본 척하면서 발랄한 어조로 말했다. 명랑한 척하기 위해서는 두근두근하는 내 마음도 모르는 척해야 했다.

"난 혼자 걷는 게 편한데."

통명스러운 말투였다.

"아 그래? 그렇겠지 참……."

유비의 반응에 나도 모르게 얼굴이 홧홧 달아올랐다. 순식간에 풀이 죽어 버린 나는 그대로 두 걸음 뒤로 물러났다. 유비와 나란히 걷는 건 역시 힘든 일인가 싶어 맥이 빠졌다. 유비는 바지 주머니에 손을 깊숙이 찔러 넣은 채로 다시 타박타박 걸었다. 나는 몇 걸음 떨어진 자리에서 유비를 따라 걸었다.

늦여름 해 질 무렵의 바람이 불어와 뺨에 닿자 차츰 얼굴의 열기가 가라앉았다. 나는 손바닥과 손등을 바꿔 가며 미지근하게 식은 양 볼을 매만졌다. 머릿속이 텅 비어 버렸는지, 아무 생각도 들지 않았다. 그때 유비가 별안간 뒤를 돌아보며 말했다.

"아 진짜, 뭔데."

"응?"

"갑자기 말을 건 이유가 있을 거 아니야. 그게 뭐냐고."

유비는 성가셔 죽겠다는 듯이 말을 뱉었지만 어쨌든 내 이야기를 들어 보겠다는 뜻을 보이고 있었다.

"뭐 그런 이유가…… 딱히 있는 건……."

"그럼 나 간다."

"아니, 그게! 물어보고 싶은 게 있어서!"

나는 다급하게 말을 이었다.

"예상 수명 리포트 말이야. 그거 확인했니?"

"그건 왜?"

"그냥 궁금해서……."

왜 나는 보미처럼 똑 부러지게 말을 못 하는지 내 자신이 답답해 미칠 지경이었다. 내가 유비 입장이어도 누가 난데 없이 다가와 뚱딴지같은 소리를 한다면 당연히 이상해 보일 것 같았다.

"볼 일이 없지. 동의서도 안 냈는걸."

의외로 차분한 목소리였다. 화를 내는 대신 빨리 대화를 끝내고 가던 길을 혼자 마저 가고 싶어 하는 눈치였다.

"왜?"

"그딴 거 알아서 뭐 해."

"너한텐 그게 안 중요해?"

"어."

"좋겠다. 나도 아예 몰랐으면 좋았을 텐데."

유비는 위로 한 번 눈썹을 꿈틀할 뿐 입은 꽉 다물고 있었다. 내 말을 이을 질문 따위는 기대하지 않는 편이 나아보였다. 나는 그냥 하고 싶은 말을 하기로 마음먹었다. 어차피 유비를 찾아온 건 특별한 목적이 있다기보다는 그저 대화할 상대가 필요해서였으니까. 그런데 마음속에 있는 말이 입 밖으로 나올수록 목소리가 점점 커졌다.

"난 믿기 힘든 결과가 나왔거든. 평균에도 훨씬 못 미쳐. 오십 대에 무슨 병에 걸릴 확률이 높다나. 차라리 몰랐으면 좋았……."

"그걸 왜 나한테 말해?"

더 이상 주절거리는 내 말을 들어 주기 힘들다는 듯이 유비가 날카로운 목소리로 쏘아붙였다. 나는 어찌할 바를 몰랐다. 당황해서 시선 둘 곳을 찾지 못하다가 마주친 유비의 눈빛은 그때와 똑같았다. 시끄러워. 유비는 양미간을 찌푸리고 나를 노려보았다. 유비의 눈빛은 계속 나를 향해 소리쳤다. 시끄러워, 시끄럽다고.

"왜 너한테 말하면 안 돼?"

나는 울컥하는 마음을 주체 못 하고 뻗댔다.

"왜 안 돼? 넌 뭐가 그렇게 잘나서? 욕이나 해 대고 사과도 안 하는 주제에."

"뭐?"

"내가 몰랐을 거 같아? 소리 내지 않았다고 그 뻔한 욕도 못 알아봤을 거 같아?"

유비의 어깨가 흠칫하더니 금세 딱딱하게 굳어 버렸다.

"넌 기억도 못 하겠지. 관심 있는 것도, 신경 쓰는 것도 없으니까. 그때 내가 어떤 기분이었을지 한 번도 생각해 본 적 없겠지. 그런데 난 말이야, 네가 항상 신경 쓰였어. 어릴 적부터 너랑 친구가 되고 싶었거든. 너를 집 밖으로 불러내서 같이 뛰어놀고 싶었어. 근데 용기가 안 나서……. 내가 그렇게 시끄러웠다면 사과할게. 난 그냥 널 웃게 해 주고 싶었어. 가까이에서 큰 소리로 우스갯소리를 하면 네가 듣고 웃지 않을까 싶어서……."

바로 몇 초 전까지만 해도 내가 그런 말을 할 거라고는 상상도 못 했는데, 한번 말을 뱉고 나니 속마음에 발이 달린 것처럼 줄줄이 튀어나왔다. 유비는 알 수 없는 표정으로 멀거니 나를 보고 있었다.

"그동안 귀찮게 해서 미안해."

나는 어금니를 꽉 깨물고 마지막 말을 던졌다. 그리고 미동도 없이 서 있는 유비를 앞질러 집으로 도망쳤다.

며칠 동안 쭉 기분이 가라앉아 있었다. 희미해져 가는 여름 냄새처럼 학교에서 내 존재감도 사라져 가고 있었다. 속상한 마음을 터놓고 얘기할 상대는커녕 아무 생각 없이 함께 뛰어놀 상대조차 찾을 수 없었다. 친구들과 대화다운 대화를 나눈 지가 언제인지 가물가물할 정도였다. 보미는 나날이 바빠져서 얼굴 보기가 힘들었다. 그래도 주말엔 시간을 내기로 약속한 터라 나는 토요일 아침부터 보미를 만날 생각에 마음이 들떴다. 얼른 만나서 유비와 있었던 일도 다 털어놓고 싶었다.

— 어디야?

약속 장소에서 보미에게 메시지를 보냈다. 햇빛이 정수리를 달구기 시작하는 정오, 우리가 만나기로 한 약속 시간에 딱 맞추어 전송했다. 사실 나는 삼십 분 전에 도착했는데도 말이다.

— 앗.

앗? 불길한 답신. 어쩐지 묻는 말이 길어지면 구차해 보일 것 같아서 마음을 가다듬고 물음표 하나를 보냈다.

— 아 어떡하지.

— 왜?

— 아아 정말 미안해. 진짜 깜빡했다.

— 어딘데?

그때까지만 해도 괜찮았다. 약속을 깜빡한 바람에 준비가 늦는다면 보미네 집 앞으로 가 줄 생각도 있었으니까.

— 나…… 지금 부산이야. 우리 그룹 애들이랑 여행 왔

어. 여기 대학도 둘러볼 겸…….

순간 머리 꼭대기에서 김이 나는 것 같았다. 나한테 말도 없이 부산에 간 것도 서운한데 나랑 만나기로 한 약속까지 까먹고 놀러 가다니.

— 다음 주에 꼭 보자. 응?

— 됐어. 다음 주에도 넌 어차피 바쁠 텐데.

— 왜 그래. 미안해. 진짜 깜빡했어. 근데 너도 예전에 한 번 약속 까먹은 적 있잖아. 그때 생각하고 한 번 봐줘. 응?

— 난 그때 까먹은 거 아니라니까. 늦잠 잔 거지. 그래서 헐레벌떡 뛰어나왔잖아. 다른 친구들이랑 여행 갔던 게 아니라고.

처음에 했던 다짐이 무색하게 말이 길어지고 있었다. 보미가 한참 동안 답신을 하지 않자 나는 점점 더 구차해졌다.

— 정말 까먹은 건 맞아?

— 뭐?

— 요즘 너 보면 나랑 한 약속 같은 건 기억해도 안 지킬 수 있겠다 싶어서.

— 너무한다 진짜. 딱 한 번 잘못한 거 가지고.

— 딱 한 번 아니야. 너 계속 그랬어. 수명 예측 결과 나온 뒤부터 나 무시했잖아.

— 양자야.

메시지에서 한숨이 느껴지긴 처음이었다.

— 너 수명 예측 결과 받고서 예민한 건 아는데, 너도 지금 그럴 때가 아니야. 네 인생에 맞는 계획을 세워야지.

— 너처럼 별로 좋아하지도 않는 애들이랑 어울려 다니라고? 그래서 무슨 계획을 세우는데?

— 나 의대 가서 수술 디자이너 되고 싶다고 했던 건 기억하니? 수술 디자이너 얼마나 되기 어려운지는 아니? 환자에게 적합한 수술 방법, 의료 도구, 비용, 담당의까지 모두 수술 디자이너가 계획하는 거라고 다 말했었는데, 기억 못 하지? 근데 의대 십 년에 수술 디자이너 전공 과정 십 년에 인턴 십 년까지 마치면 삼십 년이야. 그것도 한 번도 낙오하지 않는다는 전제 하에. 그렇게 해도 대부분 백 살은 넘어야 마스터 소리를 듣는다고. 나 구십 살까지밖에 못 사는데 팔십에 은퇴한다고 해도 삼십 년 공부하고 삼십 년 일하는 거야. 수지 타산이 맞는지 따져 봐야지.

— 그래서 부산에 놀러 갔다고?

— 여기 의대에 견학 프로그램 있다고 해서 온 거야.

여전히 화가 가라앉지 않았지만 말싸움으로는 보미를 이길 수 없었다. 게다가 조목조목 펼쳐 놓는 사정을 들으니 내가 너무 쪼잔하게 군 것 같은 느낌마저 들었다.

— 양자 너도 이제 계획을 세워야지. 돌아가서 같이 살펴보고 얘기하자. 응?

나는 한참 동안 보미의 메시지를 노려보았다. 아무래도

내가 쪼잔한 게 맞는 거 같았다.

— 알았어.

답신을 보내 놓고 멍하니 제자리에 서 있었다. 더 이상 약속을 까먹은 보미에게 화가 나지도 않았고 말싸움에 져서 분한 것도 아니었는데, 이상하게 눈물이 나려고 했다. 괜스레 머리 위 태양을 쏘아보다가 눈을 감았다. 눈물이 한 방울 또르르 흘러내렸다. 나는 얼른 손등으로 눈물을 훔쳐 내고는 햇빛 탓을 하면서 걸음을 옮겼다.

"뭐 하냐?"

오랜만에 집 앞 공터에서 혼자 공을 굴리며 뛰고 있는데 귀에 익은 목소리가 들렸다. 고개를 돌리니 공터 구석진 곳 계단에 서 있는 유비의 모습이 보였다. 수풀과 담쟁이덩굴이 얼키설키 뒤얽힌 틈으로 빛이 내려와 유비의 얼굴 위에 아롱졌다. 표정을 읽을 수 없는 얼굴이었다.

"뭐 상관."

혼잣말을 중얼거리며 다시 공을 차는 데 집중했다. 아무 생각 없이 땀을 흘리다 보면 기분이 괜찮아질 것 같아 아침부터 내내 혼자 뛰고 있었던 터라 누구에게도 방해받고 싶지 않았다.

"전양자."

유비가 어느새 가까이 다가와 내 이름을 불렀다. 전양자.

얼마 만에 듣는 내 이름 석 자인지, 나도 모르게 발을 멈추었다.

"그땐 미안했다."

"뭐?"

"욕한 거 말이야."

갑작스러운 사과에 어떻게 반응해야 할지 몰라서 멀뚱멀뚱 유비의 얼굴만 쳐다보았다. 땀 한 방울 흘리지 않은 듯 뽀송뽀송한 유비의 얼굴을 보고 있자니 문득 내 모습이 부끄러웠다. 나는 물벼락을 맞은 듯이 홀딱 젖은 데다가 얼굴도 벌겋게 달아올라 있었다.

"나, 두통이 심해서 큰 소리에 약해. 그날 유독 머리가 아파 예민해져서 나도 모르게 욕이 나왔어. 찜찜했는데 솔직히 사과할 용기는 안 났어. 그냥 네가 알아채지 못했길 바랐었나 봐."

"그걸 어떻게 몰라?"

"그럴 확률도 없다고 볼 순 없으니까."

내가 입을 삐죽거리며 코웃음을 치자 유비가 짓궂은 표정으로 덧붙였다.

"게다가 너라면……."

"내가 뭐?"

"워낙 산만하니까……."

"사과하러 온 사람 맞아?"

내가 정색하고 따지자 유비가 두 손을 들어 보이며 웃었다.

"맞아 맞아. 그리고 또 하나……."

잠시 넋 놓고 유비의 해맑간 얼굴을 바라보았다. 그러고 보니 유비가 웃는 모습을 처음 본 것 같다는 생각이 들었다.

"잠깐 저쪽으로 가서 얘기할까?"

유비가 그늘진 계단 쪽을 가리키며 물었다.

"나 햇빛 알레르기도 있거든. 별나지?"

유비는 아무렇지도 않게 말했다. 오히려 당황한 쪽은 나였다.

"어? 어, 그래. 가자."

나는 유비를 앞질러 계단 쪽으로 향했다. 먼저 계단에 도착해서 뒤를 돌아보니 유비가 재미있다는 듯이 미소를 지으며 걸어오고 있었다.

"할 얘기가 뭔데?"

유비의 목덜미에 생긴 발그스름한 반점에서 시선을 떼려고 애쓰며 괜히 유비를 다그쳤다.

"너 그 병에 걸릴 확률이 얼마래?"

뜬금없는 질문에 잠시 말문이 막혔다. 사실 나는 그 병의 이름도 제대로 외우지 못했다. 마치 음절 하나하나를 무작위로 뽑아서 길게 늘어놓은 것 같은 이름이었다.

"구십오 퍼센트?"

"그래?"

정확히는 소수점 뒤에 숫자가 붙었지만 나는 그냥 고개를 끄덕여 보였다.

"난 내 수명 같은 거 끝까지 확인하지 않을 거지만 넌 이미 알아 버렸으니까 말해 줄게. 잘 들어. 네가 미래를 알게된 순간 넌 미래를 모르게 된 거나 마찬가지야."

"뭐?"

"양자 네가 미래를 바꿀 수 있다고. 어떤 미래가 될진 너도 모르지만."

"그게 무슨 말이야?"

"오 퍼센트의 가능성은 계속 살아 있다는 말이야."

나는 눈만 껌벅거렸다. 도대체 무슨 말을 하는 건지 하나도 알아듣지 못했다.

"이걸로 해 볼까."

유비가 주머니에서 카드 한 묶음을 꺼냈다. 맨날 혼자서 가지고 노는 트럼프 카드였다. 유비는 양손으로 툭툭 카드다발 가장자리를 가다듬더니 능숙하게 섞었다. 카드를 반으로 나누었다가 다시 섞고 위에서 아래로 떨구었다가 또다시 섞는데 손이 어찌나 빠른지 저절로 감탄이 나올 정도였다.

"아홉 장은 검은색."

쓱쓱 카드 아홉 장을 뽑아 보이며 유비가 말했다. 그리고 곧바로 두 장의 카드를 눈앞에서 흔들었다. 한 장은 빨간색, 한 장은 검은색이었다.

"보지 말고, 하나 뽑아 봐."

유비가 두 장의 카드를 섞으며 말했다. 나는 어리둥절한 채로 아무 카드나 찍고 집어 올렸다.

"이제 이 열 장을 잘 섞고⋯⋯."

유비는 내가 선택한 카드를 집어 들고는 아까 자기가 뽑아 놓았던 아홉 장의 검은 카드와 섞었다. 눈앞에서 열 장의 카드가 휙휙 움직였다. 유비의 손과 열 장의 카드가 함께 리듬을 타며 움직이자 나는 곧 내가 뽑은 카드가 어디 있는지 감조차 잡을 수 없게 되었다. 열 장 중에 하나라는 것만 확실할 뿐. 유비가 만족스러운 표정으로 카드를 내 쪽으로 내밀며 말했다.

"너도 한번 섞어 볼래?"

카드를 섞는 내 손놀림은 어설프기 짝이 없었다. 나는 마구잡이로 카드를 섞고는 멀뚱멀뚱 유비를 쳐다보았다.

"자, 이리 주고⋯⋯ 다시 한 장."

좀 전과는 다르게 사뭇 긴장이 되었다. 나는 떨리는 마음으로 카드를 집어 들었다.

"보면 안 돼. 아직 보지 말고 손에 꼭 쥐고 있어."

이미 판은 유비가 움직이고 있었다. 나는 고분고분 유비 말에 따랐다.

"지금부터 시작이다."

유비가 의미심장한 표정으로 말했다. 뭐가 시작이라는 건지 알지도 못하면서 나는 마른침을 꿀꺽 삼키고 기다렸다.

"검은색."

유비가 열 장의 카드 중에 하나를 뒤집어 보이며 말했다.

"검은색."

열 장의 카드 중에 두 번째 카드가 뒤집어졌다. 역시 검은색이었다.

"검은색."

세 번째 카드도 검은색이었다. 문득 내가 뽑은 카드는 무슨 색인지 궁금했다.

"검은색."

내가 뽑은 카드가 검은색일 수도 있다.

"검은색."

내가 뽑은 카드가 검은색이라면 이미 뒤집힌 카드 중에 하나일 수도 있다.

"검은색. 이제 세 장 남았어."

절반 이상의 검은색 카드가 뒤집혔다. 괜찮다고 생각했다. 아홉 장의 카드가 검은색이라는 건 확실히 알고 있었으니까. 나와야 할 검은색이 나왔을 뿐이었다. 유비는 내 표정을 한번 살피더니 조용히 일곱 번째 카드를 꺼내 보였다.

"검은색."

하루 종일 흘린 땀이 어느새 식어 양팔이 선득거렸다. 피부에 한기가 도는데도 입안이 바싹 말라 들었다. 이제 남은 카드는 단 두 장이었다. 유비는 주저 없이 여덟 번째 카드를 뒤집으며 말했다.

"검은색."

나는 숨을 한 번 크게 들이쉬고 마지막 남은 카드를 노려보며 생각했다. 만약 내가 뽑은 카드가 빨간색이라면? 내 손에 쥔 카드가 아니라 아홉 번째 카드가 빨간색이라면?

나도 모르게 손을 뻗어 아홉 번째 카드를 쥐었다. 의외라는 표정으로 나를 물끄러미 바라보던 유비가 손에 힘을 풀며 내게 카드를 넘겨주었다. 나는 떨리는 손으로 카드를 뒤집고 나서 간신히 입을 열었다.

"……검은색."

저절로 큰 숨이 내쉬어졌다. 어느 순간부터 간절히 바라고 있었나 보다. 내가 뽑은 카드가 빨간색이길, 그 카드가 다시 내 손에 들려 있길.

"이제 네가 말한 구십오 퍼센트 중에 구십 퍼센트는 다 나왔어."

유비가 나지막한 목소리로 말했다.

"나머지는 양자 네 손에 들려 있어. 그 카드는 검은색일 수도 있고 빨간색일 수도 있어. 알지?"

유비의 눈동자에 내 얼굴이 어룽져 있었다. 나는 카드를 손에 꼭 쥐고 고개를 끄덕였다.

"만약 그 카드가 빨간색이라면 분명 네가 뽑은 카드인 거지."

이제는 유비가 설명해 주지 않아도 이해가 갔다. 나는 손에 쥔 카드에 내 운명이 걸리기라도 한 것처럼 잔뜩 긴장했다.

그런데 그때 별안간 내 손 위에 유비의 손이 포개졌다.

"근데 그거 알아?"

나는 입도 뻥긋하지 못하고 그대로 굳어 버렸다. 유비의 손은 따뜻하고 보드라웠다.

"그 카드, 안 봐도 돼."

알 수 있는데 어째서 모르는 쪽을 선택하느냐고 묻고 싶었지만 입이 떨어지지 않았다. 손에 들린 카드를 뒤집는 일은 더 이상 간단한 문제가 아니었다. 내 손을 잡은 유비의 손이 나를 어디로 데려갈지 알 수 없는 것처럼 확실하지 않은 영역의 문제였다.

유비는 내 마음을 다 안다는 듯한 표정으로 말을 이었다.

"안 봐도 돼. 나처럼."

바람이 불어 수풀이 움직이고 우리를 둘러싼 햇빛이 어룽거리며 흔들렸다. 그늘 아래서 물기를 잃은 머리카락이 살랑살랑 뒷목을 간질였다. 어느새 연해진 유비의 목덜미 반점 위로도 바람이 간들거리며 지나갔다.

"그래. 너처럼."

내가 대답했다.

그렇게 나의 오 퍼센트가 바람에 몸을 실었다.

나의 오 퍼센트가 어떻게 될지는 이제 아무도 모른다. 내 손을 잡은 유비의 손을 내가 어디로 이끌지 모르는 것처럼.

허진희

미래가 저당 잡혔다고 느껴지는 순간들이 있어요. 내 능력이나 체력, 환경 때문에요. 그럴 때는 잠시 걸음을 멈추고 오늘의 나를 편안하게 만들어 주면 어떨까요. 어쩌면 내일의 희망이라는 건 그렇게 움트기 시작하는 건지도 모르니까요. 아차차, 희망 없이는 한 발자국도 움직이기 힘들어하는 인간인 저부터 노력해야겠네요. 일단 오늘의 나에게 핫초코 한 잔을 선물할래요. 적당한 단맛은 마음을 설레게 하거든요. 아무쪼록 우리 모두 설렘으로 내일을 시작할 수 있길, 반짝반짝 신나는 일들을 누릴 수 있길 바랍니다.

알람이 고장 난 뒤

이덕래

어김없이 배꼽시계 알람이 힘차게 울렸다. 배꼽이 부르
르 떨리자 온 가족이 잠에서 깼다. 나도 배꼽시계 알람이
울린 것처럼 배꼽 부위를 쥐고 일어났지만, 사실 난 이미
깨어 있었다. 내 배꼽시계가 고장 났기 때문이다. 하지만
아무에게도 말하지 않았다. 그러면 난, 어쩌면 '루저빌'로
쫓겨나게 될지도 모른다. 생각만 해도 끔찍하다. 미리 말해
두지만, 루저빌은 최악이다. 난 루저빌을 떠올리고 있었다,
눈은 감고 있었지만 눈썹에 잔뜩 힘을 준 채. 흙먼지 날리
는 운동장에서 헐떡거리며 하루 종일 공 하나를 따라다니
는 루저빌 아이들을.

　내 배꼽시계를 장착한 날이 기억난다. 그건 내가 떠올릴

수 있는 오래된 기억이기도 한데, 애석하게도 끔찍한 기억이다. 난 가슴까지 웃옷을 올린 채 수술대에 누워 있었다. 수술실 밖 로비에는 나 말고도 내 또래 애들이 엄청나게 많았다. 의사 선생님은 금방 끝난다고 했고 아프지 않을 거라고 했다. 하지만 그 말은 거짓말이었다. 금방 끝난다는 게 거짓말이 아니라 아프지 않을 거라는 게 거짓말이었다. 난 배꼽이 빠지는 듯한 고통 때문에 비명조차 지를 수 없었다. 전통문화 시간에 '배꼽 빠지게 웃었다'라는 옛날 표현을 배웠는데, 난 그 말을 이해할 수 없다. '배꼽 빠지게' 아픈 거라면 모를까.

우리 '캐피탈'의 모든 시민들은 열 살이 되면 배꼽시계를 장착한다. 배꼽시계는 캐피탈 시민의 신분증 역할도 한다. 여기에는 이름, 나이, 주소 등 웬만한 개인 정보뿐 아니라 거의 모든 일정이 입력되어 있다.

나이와 직업에 따라 배꼽시계의 알람 기능은 변화한다. 난 아직 학생이라 알람이 많이 울렸다. 뭐만 한창 하고 있으면 알람이 울렸다. 우리는 성장하기 위해 공부를 하고 공부를 잘하려면 시간 관리가 철저해야 한다. 모든 것은 계획에 따라 이뤄져야 하며 결과는, 결과는…… 개인의 능력에 의해 결정된다. 모두 같은 출발선상에서 평등하게 시작하지만 결과는 개인의 능력에 따라 달라진다. 그것은 선천적으로 결정되는 복합 지능이다. 그 외의 모든 변수는 최대한 같아야 한다. 우리는 이렇게 완벽하게 평등하다. 우리는 역사상 가장 평등한 세상에 살고 있다.

우리 엄마 아빠는 캐피탈의 자랑스러운 일등 시민이고 나도 그들처럼 될 것이다. 만약 내 배꼽시계만 정상으로 돌아온다면 말이다. 아빠는 자신의 성적과 지능에 맞게 아파트 관리소 직원으로 일하고 있으며 엄마는 역사 학자다. 캐피탈의 최고 기구인 '자유평등위원회'에서 모든 것을 결정한다. 어차피 배꼽은 때만 끼는 비위생적인 것이다. 그래서 그 옛날 위대한 캐피탈 창시자 '마지눕'(그는 누워서 빈둥거리는 것을 매우 싫어했다)이 사람들에게 배꼽시계를 장착해 모두가 하나처럼 움직이는 통일된 세상을 만들자고 했을 때 시민들은 환호했다. 다 캐피탈 역사책에 나오는 이야기다. 그때 사람들은 지금은 캐피탈 찬양가가 된 '일분일초를 철저히!'를 부르며 간간이 이런 구호를 섞어 외쳤다.

"인류의 희망, 배꼽시계 만세! 우리 모두에게 배꼽시계를!"

그러나 배꼽시계를 거부한 사람들도 있었다고 한다. 그들은 우리가 사는 거대 도시인 캐피탈을 둘러싼 장벽 밖으로 추방되었다. 그런 척박한 환경에서도 죽으라는 법은 없었는지, 루저빌이라는 지독히 가난한 마을을 만들고 살아남은 듯하다. 못사는 걸 어떻게 아느냐고? 매일 아침저녁으로 '루저빌 뉴스'가 나온다. 루저빌의 지저분한 학교 운동장에서 공 하나를 쫓아다니느라 비효율적으로 뛰어다니는 아이들, 산등성이에서 뱀처럼 뒤엉켜 산딸기 같은 걸 따먹는 아이들, 나무 그늘에 앉아 겉장이 너덜너덜한 만화책을 돌려 보는 아이들……. 캐피탈의 최첨단 드론이 루저빌 아이들이 얼마나 열악한 환경에 방치되어 있는지 다 찍어서 내보낸다. 우리 집뿐만 아니라 모든 가정이 루저빌 뉴스를 본다. 배꼽시계에 그렇게 하도록 지정되어 있기 때문이다. 오늘도 변함없이 루저빌 뉴스가 나온다.

"더러운 루저빌 뉴스를 전해 드립니다."

눈처럼 하얗고 몸에 딱 맞는 유니폼을 입은 앵커가 말했다. 화면에 루저빌 아이들이 나왔다. 서너 명의 아이들이 알록달록한 옷을 입고 땡볕이 내리쬐는 운동장에서 '비석치기'라는 놀이를 하고 있었다. 주먹만 한 납작한 돌을 가슴에 얹고 허리를 비정상적으로 젖히고는 팔을 앞으로 뻗은 채 뒤뚱뒤뚱 앞으로 나아갔다. 마치 벌 받는 것 같았다. 끔찍하다.

"헐렁하고 값싼 재질의 옷을 입은 아이들이 땡볕에서 뛰어노는 장면입니다. 일사병에 걸리기 딱 좋은 상황입니다. 참으로 어처구니없는 일이 아닐 수 없습니다."

너무 더웠는지 아이들이 운동장 한쪽에 있는 수돗가로 몰려가서 물을 마시는 장면이 이어졌다.

"세균이 우글우글한 수도꼭지에 입을 대고 마시는 꼬락서니를 보니, 한숨이 절로 나옵니다."

앵커가 심각한 얼굴로 말했다.

"이것으로 오늘의 아침 뉴스를 마칩니다."

앵커가 인사를 하자, 나는 배꼽시계가 울린 것처럼 배를 쥐고 책가방을 멨다. 아침 뉴스가 끝나는 시간에 맞춰 배꼽시계 알람이 진동하는 걸 기억하기 때문이다.

학교에서도 며칠째 내 배꼽시계는 살아나지 않았다. 나는 친구들의 배가 부르르 떨릴 때마다 덩달아 내 배꼽시계도 울리는 척했다. 배꼽시계가 울리면 우리는 책상에 똑바로 앉아 선생님을 바라본다. 선생님은 수업에 늦는 법도 없고 수업에 빠지는 법도 없다. 우리 부모님과 마찬가지로 선생님들도 모두 어렸을 때부터 배꼽시계와 함께 살았다. 우리는 모두 배꼽시계에 따라 철저히 시간을 관리하면서 살아왔다. 배꼽시계가 울리면 하던 일을 즉각 멈추고 그다음 일로 넘어간다.

엄마 아빠도 부부싸움을 하다가 배꼽시계가 울리면 바로 잠자리에 들었다. 배꼽시계가 울릴 때가 가까워지면 부부싸움이 격해진다. 엄마도 아빠도 모두 하고 싶은 얘기가 많으니까, 서로 자기 하고 싶은 말만 신나게 한다. 그러다가 배꼽시계가 진동하면, 하던 말을 멈추고 침대로 간다. 뭔가 아쉬운 표정이지만, 부모님은 잘 주무셨을 것이다. 캐피탈의 일등 시민들이니까. 취침 알람이 울렸는데도 잠을 자지 않고 버티면 처벌을 받게 된다. 위원회는 생체 리듬도 관리하고 있기 때문에 잠을 자고 있지 않은 사람을 쉽게 찾아낸다. 누가 깊은 잠을 자는지 누가 잠 못 들고 뒤척이고 있는지 그들은 다 알 것이다. 불면증에 걸린 사람에게는 적당한 약을 처방할 것이며 잠자리에 들지 않는 사람들은 교정 절차를 밟아야 한다. 취침뿐만 아니라 다른 일상에서도 배꼽시계에 따라 행동하지 않으면 루저빌로 추방당한다고 한다.

엄마 아빠의 배꼽시계가 울렸다. 잘 시간이다. 나는 누웠지만 잠이 오지 않았다. 내 배꼽시계에 이상이 생겼는데, 이걸 누가 알면 큰일이다. 난 추방되고 싶지 않다. 루저빌에 가고 싶지 않다. 밥 먹기 전에 손도 안 씻고 이도 제대로 닦지 않는 아이들과 살고 싶지 않다. 그런 더러운 아이들과 함께 있는 상상만으로도 몸이 부르르 떨린다. 불안하다. 이 불안함조차 들키고 싶지 않다. 아빠 엄마에게도 말하면 안 된다. 선생님은 말할 것도 없다. 옆자리 짝꿍에게도 들키면 안 된다. 그들이 내 배꼽시계가 망가진 것을 알면 난 루저빌로 추방될 것이다. 루저빌 생각을 하니 눈물이 났다. 내 베개가 서서히 눈물로 축축해졌다.

오늘은 토요일이니까 셔틀버스를 타고 교외에 있는 요

양원으로 할아버지를 만나러 간다. 엄마 아빠는 주말을 효율적으로 보내야 한다며 가지 않지만, 나는 안다. 아빠 엄마는 할아버지를 좋아하지 않는다.

할아버지는 주로 누워 있다. 아니, 할 수 있는 게 누워 있는 것밖에 없다. 그렇게 누워 있기만 한 게 벌써 3년째다. 아빠는 할아버지가 나이가 많아 돌아가실 때가 된 거라고 했다. 파킨슨병에 걸린 할아버지는 캐피탈 창시 세대다. 할아버지를 포함한 그 시대 사람들은 모두 자발적으로 배꼽시계를 장착했다. 할아버지는 말을 많이 하지 않는다. 사실 말을 하는 것도 기적에 가깝다. 내가 기억하는 할아버지는 이미 파킨슨병에 걸려 있었다. 걸을 수 있을 때도 말은 거의 하지 않았다. 말할 때면 어눌하고 느리게 더듬다가는 입을 굳게 다물었다. 늘 무표정했는데 볼에 근육이 없는 것 같은 인상이었다.

그렇지만 할아버지가 날 좋아한다는 것쯤은 알고 있다. 파킨슨병이 심해지고 수술 후유증으로 마비까지 와서 누워 있기만 하자, 할아버지는 훨씬 더 다정해졌다. 할아버지는 내 손 잡는 걸 좋아한다. 자신이 하고 싶은 말을 손으로 전달할 수 있다는 듯이. 난 병원에 오면 항상 할아버지 손을 잡고 있다. 할아버지 손은 크고 비닐처럼 매끈하고 앙상하고 투명할 정도로 창백하다. 진짜로 입을 놀려 말은 못 하지만, 할아버지의 말은 모니터에 문장으로 나타난다. 할아버지가 눈동자를 미세하게 움직이면 센서가 감지해서 문장을 만든다고 했다. 내가 물어보면 할아버지는 자상하게 대답한다.

"할아버지 배꼽시계는 아직도 울리나요?"

병상 모니터에 단어가 차례차례 올라온다.

— 그렇다. 아침에, 잘 때, 약 먹을 때도.

"제 건 너무 자주 울려요."

— 어린이는, 익숙해지라고, 더, 더 자주 울린다.

"혹시 배꼽시계가…… 고장 나기도 해요?"

말을 꺼내 놓고 당황했다. 할아버지가 평소답지 않게 내 눈을 오래 쳐다보고 있었다. 나는 재빨리 덧붙였다.

"만약 고장 나면 어쩌나 싶어서요, 히히."

— 고장, 나기도 한다. 아주 아주, 드물다.

할아버지는 자유평등위원회에서 일하다가 은퇴했다. 그래서 그런 걸 알고 있을 거다. 할아버지는 기침이 나는지 목이 가려운지 입을 벌린 채 잠시 눈을 감았다.

"그거…… 고장 나면 어떻게 해요?"

— 검사하고, 고치고, 그러지. 그런데, 다시, 고장 난다.

"예? 정말요?"

할아버지 말로는 배꼽시계가 안 맞는 사람들이 있다고 한다. 원인은 아직도 밝혀지지 않았다고 한다. 하지만 인공 지능 생체 칩의 문제가 아니라는 것만은 확실하단다.

— 예상할 수 없던, 일이었다. 완벽히 평등한 세상에, 기술도 그렇고. 그래도 어디든 어쩔 수 없는 일이, 사람들이 생기곤 한다. 우리의 평등이 태어날 때부터 안 맞는 거다.

결국, 그런 사람들은 캐피탈에서 추방된다고 한다. 캐피탈의 최고 기관인 자유평등위원회는 철저하고 효율적인 시간 관리와 일사불란함이 생명이기 때문이다. 그들은 두 번다시 캐피탈로 돌아올 수 없다고 한다. 이 말을 듣자 갑자기 눈물이 나왔다.

— 주하, 주하야, 너, 너, 혹시, 고장 났는가?

나도 모르게 울음이 터져 버렸다. 어깨를 들썩이며 고개를 파묻고 한참 울었다. 할아버지는 평소보다 내 손을 더 꽉 쥐었다.

— 나는, 이제 늙었다. 살 날이, 별로 없다. 시계가, 요즘은, 배꼽시계가, 맘에, 들지 않는다.

할아버지가 이런 말을 하다니, 깜짝 놀랄 일이었다.

"뭐라고요? 정말요? 왜요?"

— 나는 어렸을 때, 루저빌, 루저빌 아이들처럼, 자랐다.

할아버지는 원래 시간을 아무렇게나 쓰던 세대였다. 시간을 탕진하며 살다 보니, 사람들은 시간의 소중함을 깨닫게 되었고 배꼽시계의 힘을 빌려서라도 한시도 허투루 쓰고 싶지 않았다고 한다.

— 그래서 우리가, 캐피탈을 만들었다.

그런데 배꼽시계를 장착하고 시간 관리를 철저히 받다 보니, 사람들은 오히려 시간의 소중함을 모른다고 했다. 할아버지 말은 알쏭달쏭했다. 할아버지는 항상 곁에 있는 것의 소중함을 우리가 쉽게 잊는다고 했다. 숨을 참아 봐야 공기의 소중함을 아는 것처럼, 발톱을 다쳐 봐야 발톱이 거기 있는 것을 아는 것처럼.

— 우리가, 우리가, 사람들을 로봇으로, 만들었다!

"할아버지, 저 이제 어떡해요?"

— 루저빌, 루저빌도 괜찮은, 곳 같다. 그곳 시간은 여기보다, 느리고, 또 빠르다.

아인슈타인의 상대성 이론에서나 시간은 느리게 가는 건데…… 할아버지 말은 이해할 수 없었다. 시간은 절대적이다. 누구에게나 평등하게 주어지는 것이어야만 한다. 평소보다 말을 많이 한 할아버지는 힘들어 보였다. 하지만 평소와는 달리 얼굴에 복잡한 표정이 스며 있었다.

— 캐피탈을, 그래, 캐피탈을 떠나, 보는 건, 어떠니?

할아버지가 이런 끔찍한 말을 하다니! 나는 멍한 표정으로 할아버지를 바라보았다.

나는 할아버지 손을 꼭 쥐었다. 아빠 말에 의하면 할아버지는 현대 의학 기술이 아니었다면 십 년 전에 이미 저 세상 사람이었다. 아빠는 이렇게도 말했다. "루저빌이었다면 말이지, 이미 죽은 목숨이다."라고.

"할아버지, 그래도 캐피탈이니까 이렇게 살아 계신 거잖아요. 참 다행이에요."

— 그런가? 그런가!

할아버지의 병상 모니터는 한동안 별다른 반응이 없었다. 이윽고 천천히 글씨가 떠올랐다.

— 그래서 3년간, 같은 침대에서, 이렇게 꼼짝 않고, 누워 있다.

할아버지는 행복해 보이지 않았다. 그건 반어법 같았다. 사실은 살아 있는 게 불행이라는 듯 보였다.

— 너는, 떠나는 게, 두렵나?

"아, 네? 당연하지요. 할아버지도 볼 수 없고, 엄마 아빠도 못 보잖아요."

엄마 아빠 곁을 떠나, 캐피탈을 떠나면…… 설마 루저빌로? 할아버지는 나를 한참 응시하더니 말을 이었다.

— 나는, 네 나이에, 캐피탈로, 왔다.

할아버지 말에 의하면, 루저빌은 캐피탈에서 추방된 사람들이 만든 마을이 아니다. 원래부터 있던, 오래된 마을이다. 할아버지가 거짓말쟁이일까? 학교 역사 시간에 배운 내용과 완전히 달라서 많이 혼란스러웠다. 할아버지는 술에 절어 살던 증조할아버지가 싫고, 제대로 공부를 하고 싶고 부자가 되고 싶어서 캐피탈로 왔다고 했다. 할아버지 눈가가 촉촉해졌다.

— 참 많은, 정말 많은 사람들이 왔다.

창시자와 최초 세대는 하나가 되어 새로운 세상을 세우겠다는 일념으로 일분일초를 아끼며 열심히 일했다. 캐피탈은 최고 효율을 구가하며 과학 기술을 고도로 발전시킬 수 있었다. 창시 세대는 어떻게 하면 그들의 세상이 다음 세대에도 변함없이 이어질까 고민했고, 배꼽시계를 선택했다. 그들은 루저빌을 싫어했고, 루저빌 사람들과 더는 섞이고 싶지 않았다. 그래서 장벽을 쌓았고, 루저빌을 게으르고 열등한 사람들이 사는 곳이라고 선전했다. 급기야 멸시하고 조롱하기 시작했다. 캐피탈 사람들에게 줄 수 있는 오락과 농담거리가 루저빌이었기 때문이라고 했다.

— 사람들은, 늘 비교한다. 비교해야, 행복하다.

할아버지는 알아들을 수 없는 말을 또 했다. 역사는 돌고 돈다나. 끝까지 차면 다시 비워진다는 둥. 시간의 소중함은 겪어 본 자들만 알게 된다고도 했다. 자기 세대가 만든 세상은 실패라고도 말했다.

"할아버지, 추방은 어떻게 해요?"

— 추방? 그냥, 장벽 밖으로, 보낸다. 그냥 걷기만, 똑바로, 걷기만 해라.

"할아버지…… 무서워요."

할아버지는 말없이 나를 오래 바라보았다. 난 할아버지 배에 엎드려 훌쩍대며 울었다. 한참을 울고 고개를 드니 할아버지는 모니터에 많은 말을 쏟아 두었다.

— 너무, 두려워 말자. 떠나는 게, 기회란다. 책에서 본 모험, 그래, 모험 같은, 거라고 생각하자. 내가 널, 위해, 선물도 주고, 축복하마. 그동안 제대로 된, 선물, 선물을 준 적이, 없구나. 아! 참, 축복, 같은 말 모르지? 네 곁에, 내 정신과, 마음 일부를, 두는 거란다. 축복…… 참 좋은 말인데, 이런 미신, 같은 말, 이제, 안 쓰는 거 안다. 그래도, 널, 위해 진심으로 축복하마.

배꼽시계가 작동하지 않은 채로 오래 지내다 보니 예전처럼 지내는 게 쉽지 않았다. 시도 때도 없이 배가 고프고, 자야 할 시간에 잠이 안 오기도 했다. 또 일어나야 하는 시간을 놓치거나 너무 일찍 잠에서 깨기도 했다. 생체 리듬이 점점 제멋대로 움직이고 있었다. 학교에서도, 집에서도, 친구들이나 엄마 아빠가 이상한 애 취급을 했다. 그러던 어느 날 아침, 표 안 내려고 억지로 아침밥을 먹고 있는데 누군가 아파트 벨을 눌렀다. 엄마가 문을 열자 경찰 두 명이 서 있었다. 그들은 엄마에게 무언가 말을 하더니 나를 가리켰다. 그들의 말을 듣고 아빠도 당황한 듯 숟가락을 떨어뜨렸다. 하지만 나만큼 넋이 빠지지는 않았을 것이다. 나는 그들의 말소리가 잘 들리지 않을 정도였다. 망원경으로 보는 것처럼 시야가 좁아졌고 슬로 모션을 보는 것처럼 시간이 더디게 흐르는 것 같았다. 하지만 경찰의 마지막 말만큼은 또렷이 들렸다.

"자유평등법 제119조 1항에 의거해 즉시 동행하여 검사하도록 하겠습니다."

경찰과 내가 엘리베이터에 탔을 때 엄마와 아빠는 현관문 앞에서 굳은 얼굴로 서 있었다. 난 대기해 있던 밴의 뒷좌석에 탔고 경찰 둘이 양쪽에 앉았다. 그들을 번갈아 올려다보았지만, 그들은 똑바로 앉아 앞만 바라볼 뿐이었다.

수많은 실험 기기들이 방 가장자리를 둘러 빼곡히 차 있었다. 난 배꼽을 드러낸 채 방 한가운데의 진료용 침대에 누워 있었다. 지퍼를 턱 밑까지 올린 회색 작업복을 걸친 여자가 내 배꼽과 실험 기기를 번갈아 살펴보고 있었다. 그 사람 어깨에는 자유평등위원회의 시계 모양 엠블럼이 큼지막하게 박혀 있었다. 나이가 꽤 들어 보이는 연구원이었다. 회색 머리카락인 줄 알았는데 자세히 보니 흰머리가 절반 정도 고르게 섞여 있었다. 태블릿에 이것저것 입력하고 실험 기기에 달린 모니터를 살펴보던 그녀는 고개를 갸우뚱거렸다.

"가끔 이런 일이 일어나긴 하지만 별거 아니었는데……이건 좀 흥미롭군."

그러더니 나를 보고는 한마디 덧붙였다.

"솔직히 잘 모르겠어. 문제가 없어 보이거든."

나에게 딱히 무슨 대답을 원하는 것 같지는 않았다. 나역시 특별히 할 말도 없었다. 그녀는 나를 보고 살짝 미소짓는 것 같기도 하고, 비웃는 것 같기도 했다.

"네 배꼽시계는 마치…… 그냥 추방되고 싶다고 말하는거 같거든. 즉시 추방감이야."

갑자기 그녀가 깔깔깔 웃었다. 대개의 캐피탈 어른들과는 다른 느낌이었다. 보통 어른들은 전문적이고 냉철한 느낌인데 이 사람은 뭔가 불안하고 종잡을 수 없다. 한마디로아마추어 같다.

"나도 가끔 추방되고 싶을 때가 있는데, 넌 어떠니?"

그녀는 갑자기 수다스러워졌다. 나에게 물어보는 것 같았지만, 내가 무어라 답변할 기회는 전혀 주지 않았다.

"이런 따분한 일 말고, 가끔은, 그래 가끔은 말이야, 연기자가 되고 싶기도 하고 말이야. 배우 알지?"

내 답답한 마음엔 전혀 관심도 없는 잔인한 사람이었다. 그녀는 태블릿에서 눈을 떼지 않은 채 말을 이었다.

"어려서는 배우가 되고 싶었어. 그런데 성적이 너무 좋은거야. 배우도 나쁘지 않을 것 같았는데 결국 연구원이 되기로 했지. 그땐 이 칙칙한 회색 작업복이 그렇게 멋져 보일수가 없더구나. 그땐 그랬어. 지금 세상은 그래도 좀 나아졌지. 아닌가?"

그녀가 돋보기 너머로 잠시 날 바라보더니 혼잣말을 이어갔다.

"내 지능으로는 선택할 수 있는 게 많았지. 이곳이 평등하다지만 사실은 불평등해. 머리 좋게 태어나면 편하거든. 그래 봐야 기껏 잔머리만 잘 돌아갈 뿐인데. 세상은 참 불공평해. 그렇지 않니? 나도 다른 걸 해 보고 싶은데 말이야."

그녀는 내 배꼽시계를 보다가 날 힐끗 보더니 고개를 절레절레 저었다.

"모르겠군. 할아버지는 잘 지내시지? 뭐? 파킨슨병? 곧 죽을 노인네가 오랜만에 귀찮게 하는구먼. 젊어서는 불도저 같았는데."

"자유평등법 제 119조 4항에 의거, 예외적 상황으로 판명되어 캐피탈에서 즉시 추방합니다."

경찰차 밖으로는 밤이 찾아든 캐피탈의 풍경이 펼쳐졌다. 거리는 깨끗하고 가로등은 정확한 간격으로 서 있었다. 차는 쉼 없이 매끄럽게 도심을 지났다. 눈물이 맺혀서인지 차창 밖 풍경이 사진처럼 선명하게 느껴졌다. 어느덧 도심을 빠져나가고 불 켜진 하우스 농장들을 지나쳤다. 도심을 빠져나온 건 처음이었다. 이윽고 멀리 장벽이 보였다. 곧바로 장벽과 붙어 있는 건물로 들어섰다.

지퍼를 턱까지 올린 회색 작업복을 걸친 사람이 나타났다. 작업복은 전동 칫솔 같은 기계를 내 배꼽에 들이댔다. 모터가 빠르게 돌아가는 소리가 들리더니 곧 배꼽시계가 붙어 나왔다. 그는 대충 소독을 하고는 문밖으로 나갔다.

내가 갇힌 공간은 장벽 밖으로 통하는 수평형 엘리베이터였다. 문이 닫히자마자 곧 뒤통수에 있던 문이 스르륵 열렸다. 찬 공기가 훅 밀려 들어왔다. 뒤돌아 보니 그곳은 너무나도 깜깜했다. 아무것도 없는 벌판 같았다. 장벽 바깥이라니…… 나가기가 두려웠다. 그때 엘리베이터 천장에서 빨간 경고등이 요란한 소리를 내며 돌았다.

"즉시 밖으로 나가시오! 즉시 밖으로 나가시오!"

바깥으로 발을 내밀자 엘리베이터의 문이 스르륵 닫히고 조용해졌다. 장벽을 돌아보니 그곳에 문이 있었다는 것을 알아차리기도 힘들었다. 할아버지의 말이 떠올랐다. 그냥 똑바로 걸어라. 그래, 걷자. 모험을 시작하는 거야. 걷는 것 말고 달리 할 수 있는 일도 없었다. 도로는 없지만 그렇다고 걷지 못할 것도 없었다. 흙길은 평생 걸어 본 적이 없었지만. 서글픈 중에도 발밑에서는 뭔가 다른 감촉이 느껴졌다. 신발 바닥 밑으로 병균이 옮아 올라오는 것 같아 불안하고 두려웠다. 왈칵 눈물이 쏟아졌다.

걷기만 했다. 그냥 걸어야만 했다. 알 수 없는 슬픔과 두려움으로 머릿속은 폭풍처럼 혼란스럽고 한편으로는 텅 빈 것처럼 딩딩 울렸다. 할 수 있는 건 걷는 것뿐이었다. 한 번 주저앉으면 다시 못 일어설 것만 같았다.

얼마쯤 걸었을까? 멀리서 희미하게 소리가 들렸다. 가만히 들어 보니 엔진 소리였다. 숨을 곳도 없었다. 오토바이가 다가오고 있었다. 누군가 탈탈거리는 오토바이를 내 옆에 세우고는 엔진을 껐다. 자리에 앉은 채 마스크를 벗은 그는 주머니에서 손전등을 꺼내더니 안심시키려는 듯 자기 얼굴을 비췄다. 턱수염을 숫염소처럼 기르고 양쪽 눈썹을 반쯤 민, 짧은 머리의 남자였다. 아빠 나이쯤 된 것 같았다. 다행히 무서워 보이지는 않았다. 그는 살짝 미소 짓고 있었다.

"주하?"

그가 물었다. 내 이름을 어떻게 알까 놀라면서 얼떨결에 고개를 끄덕였다.

"할아버지한테 소식 들었다. 난 미노라고 해."

"예? 저희 할아버지를 알아요?"

"어, 얼마 전에 소식 들었다. 손녀가 간다고, 잘 부탁한다고 하셨단다."

턱수염은 나에게 헬멧을 건네주고는 오토바이 뒷좌석에 태웠다.

"일단 가자. 다들 기다리고 있거든."

오토바이는 한참을 달려 허름하지만 크고 창이 여러 개 나 있는 단층짜리 통나무 건물 앞에 멈춰 섰다. 이런 건물은 캐피탈에서는 볼 수 없었다. 모든 창으로 누렇고 밝은 빛이 새어 나오고 있었다. 미노가 현관을 열자 갇혀 있던 소음이 밖으로 왁자하게 빠져나왔다. 아이들과 어른들이 함께 모여 있었다.

"어이! 여긴 주하야!"

미노가 뒤로 물러나 있던 나를 큰 소리로 소개하며 비켜섰다. 여기저기서 환호성이 들렸다. 여러 테이블에 앉아 있던 사람들이 나를 보고는 달려왔다. 가만히 보니 그중에는 이상하게 낯이 익은 아이들도 섞여 있었다.

"잠깐 넌, 넌 텔레비전에서 본 앤데. 루저빌 뉴스에서?"

"그래? 내가 유명한가 보네. 반가워. 내 이름은 지안이야."

"너, 어제 종아리에 거머리 붙어 있었어. 괜찮아?"

내 얼굴이 저절로 찌푸려졌다.

"그래? 아, 맞아. 끔찍했어. 여기 보이지? 자국 남았다."

"주하야, 너도 루저빌 뉴스에 나가고 싶어? 같이 나가면 재미있겠다! 그냥 평소보다 좀 더 꾀죄죄하게 얼굴에 흙 좀 묻히고 신나게 놀면 돼."

미노가 대화에 끼어들었다.

"지안아, 우리 내일은 뭐 하지?"

"음…… 논에서 메뚜기 잡는 건 어때요? 오랜만에 먹고
싶어요."

지안이 창밖을 가리키며 재미있다는 듯이 낄낄댔다.

"뭐? 메뚜기를 잡아먹는다고?"

난 미간을 찡그릴 수밖에 없었다. 미노가 내 어깨를 감
쌌다.

"주하야, 얘기가 길다. 그러니까 우리가 루저빌 사람들인
건 알지?"

"네, 더럽고 못사는 루저빌 사람들이죠."

이렇게 내뱉고는 아차 싶어서 사람들 표정을 살폈다. 그
리고 덧붙였다.

"전 배꼽시계가 고장 나서 캐피탈에서 막 루저빌로 추방
되었고요."

"맞다. 우린 루저빌 사람들이야. 그렇지만 여기서는 루저
빌이라고 부르진 않는단다."

그 사람들 설명에 의하면 마을 이름은 '프리빌'이고 이곳
에서는 배꼽시계 없이 산다고 했다. 하지만 이 마을에서는
캐피탈을 위해 하는 일이 하나 있다고 했다.

"우린 '루저빌 뉴스'에 나갈 방송을 찍어. 너에겐 좀 혼란
스러운 얘기가 되겠지만."

캐피탈은 미노한테 정기적으로 녹화 파일을 받아서 자
료 화면으로 쓰고 있다고 했다.

"그걸 편집하거나 해석하는 것은 캐피탈 방송 작가들의 몫이고. 우린 그저 우리들의 일상을 다큐처럼 찍는단다."

난 거머리 소년 지안의 테이블로 옮겨 가 같이 음식을 먹으며 얘기를 나눴다. 잠시 후 그들은 내가 있는지 신경도 안 쓰고 자기들끼리 낄낄대며 떠들고 장난쳤다. 지안과 친구들은 방송에서 본 것처럼 지저분하지 않았다. 놓여 있던 샐러드도 맛봤다. 평소에 먹던 것보다 채소가 좀 질겼지만 먹을 만했다. 긴장이 풀리고 포근한 게 피곤이 밀려왔다. 몹시도 긴 하루였다. 미노가 테이블로 오더니 말했다.
"자, 여러분! 주하가 오늘 정말 힘든 하루를 보냈습니다. 차차 더 친해지기로 하고 숙소로 데려갈게요."
미노는 마을 중심부로 날 안내했다. 작은 단층집들이 총총히 들어앉은 골목길로 들어섰다. 그에게 물어보지 못한 것이 있었다.
"저희 할아버지는 어떻게 아셔요?"
"아, 그래. 네 할아버지는 처음 루저빌 뉴스를 만든 사람이란다. 우리는 그를 '미스터 루틴'이라고 부르지."
할아버지는 자유평등위원회에서 일하면서 캐피탈의 공고한 미래를 위해서는 비교 집단이 있어야 한다고 주장했다고 한다.
"어느 날 할아버지가 마을에 살던 꼬마였던 내게 왔어.

다큐를 찍어 보내 줄 수 있냐고. 그냥 일상을 찍기만 하면 된다고. 그것만 하면 된다고. 돈을 주겠다고 하셨지. 재미 있을 것 같긴 했지만…… 사실 내키진 않았어. 돈이 별로 필요하진 않았거든."

미노 아저씨는 재미있는 추억이 떠올랐다는 듯 혼자 웃었다.

"네 할아버지, 그러니까 미스터 루틴이 당시 한 말씀 중에 기억나는 게 있구나. 행복은 상대적인 거라고 하셨지. 사람들은 늘 비교한다고. 내가 하는 일이 캐피탈 사람들을 행복하게 할 수 있다고. 사람들을 행복하게 할 수 있다는 말에 끌리긴 했지만 난 수락하지 않았어. 캐피탈을 별로 안 좋아했거든."

잠시 내 안색을 살피던 그는 걸음을 멈추고 허리를 엉거주춤하게 굽히고는 나를 정면으로 바라보았다.

"미스터 루틴은 끈질겼어. 이후에도 여러 번 오시더라고. 한번은 카메라가 달린 최신 드론을 가져오셨지. 잠깐 가지고 놀았는데 엄청나게 재미있었어. 가볍고 튼튼했지. 속도도 아주 빨랐어. 밤엔 여러 색깔로 멋지게 빛났지. 고성능 카메라가 달려 있었어. 그걸 준다길래 시작했지."

미노가 허리를 펴고 밤하늘의 수많은 별을 올려다보며 말했다.

"이젠 나도 미스터 루틴의 말을 이해한단다. 비교 대상이 없으면 행복도 없는 것 같아. 프리빌이 없으면 캐피탈 시민들이 행복할 리 없는 거지. 우리의 삶을 보면서 자신들이 옳다고 느끼고, 풍족하고 잘 정비된 곳에서 행복하게 산다고 느끼는 거야. 그건 우리도 마찬가지란다. 캐피탈 시민들을 보면서 우리도 행복을 느낀단다."

"할아버지는 왜 제 배꼽시계를 수리하지 않고 절 이곳에 보냈을까요?"

"미스터 루틴은 날 이용하는 것 같았지. 처음엔 기분이 별로였지만, 나도 익숙해지더라. 프리빌 사람들의 일상을 영상으로 기록하는 것이 즐거웠거든. 캐피탈은 캐피탈 시민들의 정신 교육을 위해 프리빌이 필요했어. 우리도 캐피탈이 요긴하긴 했어. 거기에서 방출되는 쓰레기를 재활용하는 것만으로도 충분한 물자를 공급받을 수 있었지. 웬만하면 고쳐 쓰면 되거든. 네 할아버지는 캐피탈의 삶이 만족스럽지 않으신 거야. 너에겐 다른 삶을 주고 싶으셨던 거겠지."

그는 여기까지 얘기하고는 내 어깨를 잡고 방긋 웃어 보였다.

"주하야, 앞으로 한동안 힘든 생활을 하게 될 거야. 그동안 넌 너무 깔끔한 곳에서 생활했고, 너에겐 루저빌이었던 이곳 프리빌이 한없이 더럽고 나쁜 곳으로 각인되었을 거야. 평생 그렇게 알고 살아왔으니까. 지네, 나방, 모기, 하루

살이 같은 벌레와 흙바닥을 걸어 다니는 것, 찬물 샤워 같은 사소한 것들 때문에 많이 불편하고 힘들 거야."

그는 내 어깨를 툭툭 치며 익숙해질 때까지 잘 버텨 보라고 했다. 생각해 보니 앞으로의 생활은 낯설고 불편하고 더러워서 끔찍할 것 같았다.

이렇게 나의 프리빌 세상이 시작되었다. 아침에 나를 깨우는 것은 아무도, 아무것도 없다. 지금 내 배꼽은 자유롭게 숨을 쉰다.

이덕래

내 이름은 이덕래미제라블, 이덕래미콘, 이덕래디오 등등이다. 보다시피 말장난을 좋아한다. 이 소설도 순전히 말장난에서 시작되었다. 머지않은 미래에 '배꼽시계'를 정말 배꼽에 장착하면 어떤 일이 일어날까?가 이야기의 시작이었다. 사소한 착상이 소설로 이어지는 과정은 정말 짜릿하다. 나는 많은 친구가 이런 창작의 기쁨을 맛보았으면 좋겠다. 고등학생 시절 이후 나의 꿈은 쭉 '뻥쟁이'다. 나만의 괜찮은 뻥을 만들어 보자. 그걸로 친구들을 웃겨 줄 수 있다. 그거면 충분하지 않은가?

두근두근 딜레마

최상아

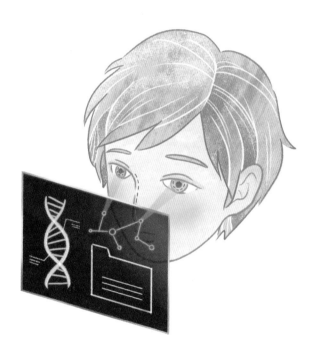

눈을 뜨자마자 거울을 보았다. 유전자 재배열을 한 지 오늘로 14일째다. 오늘은 내 짙은 회색 눈동자에 조금이나마 초록빛이 도는 느낌이다.

나는 홀로그램 패드에 케이의 공연 영상을 띄웠다. 케이의 목소리는 부드럽고 울림이 있다.

그날, 너를 만나지 않았다면 나는 다른 색깔로 살았을 거야.
너와 같은 꿈을 꿀 수 있다면 아무것도 두렵지 않아.

케이의 노래와 내 상황은 완벽하게 겹친다. 케이가 아무리 대단한 가수라고 해도 케이를 닮고 싶다고 생각한 적은 없었다. 하지만 지금은 이야기가 다르다. 피아의 이상형이 케이니까. 내 신경은 온통 피아에게 쏠려 있다.

지난달이었다. 학교에서 스마트 메신저를 교실 바닥에 떨어뜨렸다. 다시 손목에 차 보았지만 평소와 달리 딱 맞지 않았다.

피아가 내 스마트 메신저를 이리저리 살펴보았다. 그러더니 홀로그램 패드의 펜으로 스마트 메신저 밴드를 쿡쿡 건드렸다.

"연결 고리가 헐거워진 거야. 이런 건 아날로그 방식으로 고칠 수밖에 없어."

내 스마트 메신저를 만지는 피아의 손가락이 가느다랬다. 고맙다는 인사에 살짝 미소를 짓는 입매도 마음에 들었다. 내 심장이 두근두근, 마구 뛰고 있었다.

그때가 시작이었다. 일주일에 한 번 학교에 올 때마다 간혹 마주치던 애에 불과했던 피아가 이제는 내 생활의 전부가 되었다.

"라오! 우주 먼지 차단제 바르고 다녀!"

또 시작이다. 유전자 재배열을 한 다음부터 엄마는 아침마다 잔소리다. 잔소리가 아니라 걱정이라고 하지만 내가 듣기엔 트집이다.

엄마와 아빠는 과학자답게 무조건 공해와 질병에 강하도록 유전자를 배열해서 나를 낳았다. 다른 집도 다를 건 없다. 부모들은 다 거기서 거기니까.

큰 키에 숱 많은 머리카락, 갈색 피부와 어두운 눈동자가 요즘 애들의 외모 공식이다. 비슷해 보이는 아이들 틈에서 나는 피아를 발견한 것이다.

"우주 먼지는 차단제를 잘 바르면 괜찮아. 그보다 다른 수치를 잘 봐."

나를 앞에 두고 아빠 엄마는 남의 말 하듯 이야기하고 있다.

"요즘 태어날 애들은 다 블랙으로 배열하는데 엉뚱하게 너만 왜 초록색이야."

아침마다 머리가 리셋 되는 건가. 어제 한 대화와 한 치의 오차도 없다. 나는 엄마와 아빠가 연구소로 출근하기만 기다리다 벌떡 일어섰다.

"아, 나 공부해야지. 미리 인사할게요."

참다못해 내 방으로 피신했다. 방심하고 앉아 있다간 똑같은 이야기 폭탄을 두 번 맞는 봉변을 당할 것이다.

나는 사이버 수업에 접속했다. 피아가 주로 오전 아홉 시쯤 접속하기 때문이다. 이삼 일에 한 번 우연을 가장하여 메신저를 보내지만 피아는 별 반응이 없다. 모른 척하는 건지 나에게 관심이 없는 건지 잘 모르겠다. 말을 걸 때마다 내 모니터엔 학교 메신저 규칙에서 어긋나지 않는, 예의 바르고 무미건조한 대답만 깜박였다.

내가 풀이 죽어 하소연하는 날이 늘어 가자 친구 조미는 자신 있게 권했다.

"네 모습이 케이처럼 변하면 가만히 있어도 널 좋아하게 될 거야. 유전자 재배열 센터로 고고!"

처음엔 조미의 말을 무시했지만 한편으로 혹시나 하는 마음이 생겨나고 있었다.

— 안녕.

오늘은 최악이다. 내 인사에 대답조차 없다. 피아가 눈치가 없는 거라 스스로 위로해 왔지만 나에게 관심이 없다는 것을 이제 확실히 알겠다.

피아를 발견한 것은 행운이지만 나의 피아가 나에게 마음이 없다는 것은 불행이다. 우울하다.

띠띠띠. 뇌에 이식한 칩에서 감정이 불균형하다고 인식하는 소리가 들렸다. 감정 완화에 좋다는 물 흐르는 소리가 갑자기 귓속을 파고들었다.

"아, 어쩌라고!"

나는 짜증이 나서 메신저를 집어던졌다. 띠띠띠. 칩이 난리를 치며 울어 댔다. 너 같으면 이 상황에 평정심을 유지하겠냐. 모든 것이 귀찮다.

"야! 라오!"

침대 밑에 떨어진 메신저가 소리를 냈다. 굳이 홀로그램을 띄울 필요는 없다. 조미의 목소리라는 것을 아니까.

"왜."

나는 누운 채로 눈을 감고 대답했다. 눈을 뜨고 싶지 않았다.

"나 좀 봐."

"왜? 나 기분 별로인데."

"좀 보라니까."

하는 수 없이 느릿느릿 일어나 홀로그램을 띄웠다. 조미의 얼굴이 나타났다. 세상에! 일주일도 안 됐는데 그새 조미의 모습이 바뀌어 있었다!

금발은 염색했다고 쳐도 광대가 매끈하고 턱선이 날렵했다. 무슨 수를 써도 이렇게 빨리 변할 수는 없는데.

"너 어떻게 한 거야?"

"다 방법이 있지. 너도 할래?"

오늘 피아의 반응을 봐서는 내일 학교 가서 만난다고 해도 별다를 게 없을 것 같았다. 망설일 것도 없다. 나는 고개를 끄덕였다. 조미가 속삭였다.

"전에 포타 뒷조사 하다가 알게 된 사람인데……."

작년 겨울, 조미는 포타가 다른 사람을 만나는 것 같다며 의심하기 시작했다. 내가 보기엔 그런 의심을 할 필요도 없는 찌질한 애인데 조미는 자기를 속이는 것 같다며 전전긍긍 난리였다.

"갑자기 손도 안 잡고 이상하다니까."

조미는 포타의 디지털 흔적을 캐고 다녔다. 수업 접속 시간과 스마트 메신저 위치만 확인해도 포타의 말과 맞지 않는 사실들이 나왔다.

"내가 싫증이 난 걸까."

식음을 전폐하고 난리 치던 조미는 며칠 지나 포타와 헤어졌다고 선포했다.

"나보다 더 오래 만난 사람이 있었어."

조미는 포타가 다른 사람과 다정하게 이야기하는 모습을 목격했다고 했다. 당장 헤어지라고 노발대발하며 삼자대면을 하고 보니 물러나야 할 사람은 조미 자신이었다나. 씩씩대는 조미 앞에서 포타는 간단하게 이별을 고했다.

"걔랑 잠시 멀어졌을 때 널 만난 것뿐이야."

조미는 한동안 충격에서 벗어나지 못했다.

나는 갑자기 겁이 났다. 설마, 피아도 내가 끼어들지 못할 이유가 있는 걸까. 내 표정을 보고 조미가 킥킥 웃었다.

"삼각관계 이야긴 하지도 마. 그런 거 아니야. 숨은 과학자이자 예술가라고나 할까."

어휴, 안심이다.

조미가 말했다.

"저녁에 피아가 학교에 잠시 들를 거래."

"정말? 너 그거 어떻게 알았어?"

"널 위해서라면 다 방법이 있지."

조미가 큰소리쳤다.

"고마워."

울컥했다. 피아를 좋아하게 된 뒤로는 아무 때나 눈물이
난다.

감정이 자주 불균형해지면 월말에 부모님께 메시지가
전달된다. 그렇다고 걱정할 일은 아니다. 감수성 유전자를
줄이고 이성적 사고 유전자를 늘리기 위해 유전자 재배열
머신에 들어갔다 나오면 끝이다. 이미 겪은 애들 말에 따르
면 큰 효과가 있는 것 같지는 않지만 감정의 기복은 줄어든
다고 했다.

나도 작년에 수 개념 테스트를 통과 못했을 때 들어간 적
있다. 엄마는 유전자를 건드려도 공부를 안 하면 아무 소용
없다고 잔소리를 해 댔다. 잔소리만 빼면 재배열 머신에 들
어가는 건 나한테는 아무것도 아니다.

홀로그램 속 조미가 우주 먼지 차단제를 바르며 말했다.

"감동 모드 그만하고 나가자. 데리러 갈게. 십 분 있다 너
네 집 앞."

"야, 나 아직 세수도……."

조미가 메신저를 끊고 나가 버렸다. 나는 서둘러 외출 준
비를 했다. 조미의 광속 바이크가 도착했다는 알림음이 울
리고 동시에 조미가 나를 불렀다.

"빨리 타."

조미는 번화가가 아닌, 처음 가 보는 희한한 동네로 바이크를 몰았다. 주로 비주류 예술인들이 거주하는 곳으로, 얘기만 들었지 처음 와 보는 곳이었다. 반듯한 건물들이 늘어선 우리 지역과 달리 각기 다른 기하학 형태의 지붕들이 생경하게 다가왔다.

"여기서부턴 걸어야 돼."

조미는 익숙한 듯 앞장서 걸었다. 동그란 창문에 뾰족한 지붕들이 늘어선 구불구불한 골목이 신기해서 나는 조미의 말이 귀에 잘 들어오지 않았다.

"여기야."

조미는 보라색 담쟁이로 덮인 건물 앞에 서서 벽을 마구 두드렸다.

쾅쾅쾅.

보라색 담쟁이가 은색 철문을 덮어 출입구를 찾기 어려웠다.

"야, 뭐야?"

나는 깜짝 놀라 조미의 팔을 붙잡았다.

"지아는 이렇게 불러야 나와."

"지아?"

어디선가 들어 본 적 있는 이름 같은데 기억이 안 났다.

띠리리. 문이 열렸다. 조미가 거리낌 없이 문을 밀고 들어갔다. 싸늘하고 파르스름한 조명 사이로 긴 머리의 실루

엣이 나타났다.

"안녕하세요, 지아."

조미의 인사에 턱이 뾰족한 남자가 고개를 까딱했다.

"안녕."

"오늘은 애 때문에 왔어요."

지아가 나에게 눈을 돌렸다. 눈빛이 바늘처럼 날카롭다. 나도 모르게 몸을 움츠렸다.

"무슨 일로?"

"저, 저는……."

나는 긴장해서 말이 잘 안 나왔다. 조미가 내 말을 가로챘다.

"케이 같은 이미지로 빨리 바꾸고 싶대요."

"왜?"

"짝사랑하는 애가 케이를 좋아하니까요."

"야!"

나는 당황해서 조미를 째려보았다. 피아의 관심을 끌고 싶어서 유전자 재배열을 한 것은 사실이지만 아무렇지 않게 말해도 되는 것은 아니다. 재배열 같은 거 하지 않아도 피아가 나를 좋아했으면 이런 꼴 안 당할 텐데.

내 기분과 달리 지아의 표정이 부드러워졌다.

"사랑이구나. 과학이 아무리 발달했어도 풀기 힘든 숙제."

"……."

지아의 얼굴이 이상하게 낯설지 않았다. 지아가 내 등을 살짝 밀었다.

"좋아하는 사람의 마음을 얻기 위해 노력하는 건 부끄러운 게 아니야. 저 앞에 서 봐."

나는 하얀 불빛을 뿜는 커다란 모니터 앞에 머뭇머뭇 서서 생각했다. 피아가 나를 바라봐 줄까.

띠띠띠. 내 유전자 분석표가 홀로그램 영상으로 떴다. 지아는 날카로운 눈으로 내 분석표를 훑어보았다.

"최근에 건드린 것 같은데? 유전자가 재배열되는 중이야. 두세 달 뒤면 피부도 밝아지고 눈도 어두운 초록색이 되겠어."

조미가 분석표를 함께 보며 물었다.

"그런데 급해요. 케이 느낌 나게 빨리 해 줄 수 없어요?"

지아가 잠시 생각하는 듯 머리를 갸우뚱하다 대답했다.

"똑같이 따라하면 유치하잖아?"

"네. 맞아요."

내가 큰 소리로 대답했다.

"대놓고 케이 흉내 냈구나 하는 건 싫어요."

"눈꼬리를 올려 보자. 입술을 도톰하게 하고 어깨와 팔에 근육을 만들면 좋을 것 같은데. 케이는 말랐지만 근육이 있어 단단해 보이잖아. 머리카락은 염색하면 되고."

지아의 말이 떨어지기 무섭게 홀로그램 영상에 리세팅 후 가상의 내 모습이 나타났다. 눈꼬리만 살짝 올렸을 뿐인데 날렵한 인상으로 변했다. 마른 체형인데도 근육 덕에 병약해 보이지 않는 것도 마음에 들었다.

"야. 멋있다."

조미가 두 손을 모으고 감탄했다. 나는 어리둥절했다. 이게 당장 가능하다고? 어떻게? 조미가 자신 있게 소리쳤다.

"날 봐. 턱이랑 광대, 이마까지 전부 하루에 다 한 거야. 색깔 바꾸는 걸로는 부족하지."

조미도 했으니 괜찮겠지? 나는 두렵기도 하고 기대에 부풀기도 했다. 피아의 웃는 얼굴이 떠올랐다. 나는 단호하게 말했다.

"지금 당장 해 주세요."

시술비는 생각보다 저렴했다. 나는 시술비를 지불하고 유전자 재배열 머신에 들어가려고 두리번거렸지만 기계 장치는 보이지 않았다.

"거기 의자에 앉아 봐."

지아의 말에 나는 머뭇머뭇 모니터 앞 의자에 앉았다. 지아가 푸른색 펜을 가지고 다가왔다.

"눈 감아. 조금 아플 거야."

눈꼬리가 따끔하며 뜨거워졌다. 입술도 마찬가지다. 눈을 떠 보았다. 지아가 내 양 어깨에 푸른색 펜에 든 약을 주입하고 있었다. 순간 어깨에 힘이 빠지는 기분이 들었다. 지아가 능숙한 손길로 내 어깨와 팔을 매만졌다. 머리카락은 스프레이를 몇 번 뿌리자 밝은 색으로 빛났다.

눈꼬리와 입술, 어깨가 근질근질한 느낌이 들면서 서서히 뜨거워졌다. 쉬쉬쉬쉭. 몸속에서 불꽃이 터지는 소리가 한차례 났다.

"변신 성공."

조미의 목소리를 들으며 나는 거울 앞에 섰다. 좀 전에 본 영상과 똑같다. 원래 내 모습에 케이를 양념처럼 살짝 뿌린 느낌이다. 어쩐지 나 같지 않았다.

"완전 괜찮네."

조미가 재차 감탄했다. 지아는 자신의 작품을 감상하듯 나를 바라보았다.

"유전자 재배열을 한 게 아니어서 영구적인 것은 아니야. 아프면 나에게 연락해."

지아는 내 스마트 메신저에 자신의 아이디를 넣었다. 내가 동의하지 않았는데도 지아가 내 위치까지 확인할 수 있게 설정되어 있었다.

나는 조미가 어떻게 포타를 추적했는지 알 것 같았다. 내가 모르는 비밀이 있다. 오늘 피아의 일과도 어쩌면 비슷한 방법으로 알아냈을지 모른다.

"빨리 가야 만날 수 있겠어."

조미는 나를 재촉했다. 우리는 다시 골목을 빠져나와 조미의 바이크로 학교에 갔다.

"올 때 됐다."

조미의 말이 떨어지자마자 교문에 피아의 모습이 보였다. 조미가 얼른 피아에게 가라는 눈짓을 했다. 내가 머뭇거리자 조미는 피아 앞으로 나를 획 밀었다.

"어!"

피아는 갑작스럽게 길을 막은 나를 보고 깜짝 놀라 비틀거렸다.

"미안."

나는 슬쩍 피아의 팔을 잡았다.

"고마워."

기분 탓인지 모르지만 평소보다 피아의 눈빛이 친절하게 느껴졌다. 피아가 말했다.

"염색했구나? 잘 어울린다."

단순한 인사일까? 아니면 관심을 가지기 시작한 걸까? 내 심장이 두근두근 빨라졌다. 피아가 물었다.

"너도 헤로스 때문에 온 거야?"

"아니, 그건 아니고……."

피아는 내 심장을 흔드는 웃음을 다시 보여 주었다. 스마트 메신저를 고쳐 준 날보다 더 근사했다. 나는 떨리는 마음으로 입을 열었다.

"헤로스 지원하러 온 거야?"

"응."

헤로스는 학교 축제 때 댄스 공연을 하는 동아리이다. 피아가 춤에 관심이 있는지 몰랐다. 내가 물었다.

"너, 춤 잘 춰?"

"아니. 잘 못 추는데……."

"그럼 왜? 그냥 좋아하는 거야?"

"춤을 좋아하는 건 아니고……."

피아가 말꼬리를 흐리며 손으로 머리카락을 쓸어 올렸다. 내가 자꾸 물어보는 게 싫은 눈치다. 짝퉁 케이 따위에겐 관심 없다는 것인가.

"나, 늦어서 먼저 갈게. 안녕."

피아는 나를 두고 뒤돌아 가 버렸다. 운동장에 멀뚱멀뚱 서 있는데 조미가 뛰어와 내 어깨를 쳤다.

"뭐래?

나는 눈물이 날 것 같은 기분을 억눌렀다. 안 그러면 칩이 띠띠띠 울리면서 내 기분을 더 망칠 테니까. 조미가 내 눈치를 보며 한마디 했다.

"급한 일이 있었겠지."

"……."

말할 기분이 아니다. 조미가 나를 달랬다.

"아직 널 좋아하지 않으니까 자존심 상할 일도 아니야.

나처럼 사귀다가 당한 것도 아니잖아."

들고 보니 틀린 말은 아니었다. 나는 못 이기는 척 고개를 끄덕였다. 조미가 내 어깨를 토닥였다.

피아가 나올 때까지 우리는 스마트 메신저로 게임을 했다. 발걸음 소리가 날 때마다 둘러보느라 나는 번번이 게임에서 졌다.

"아직 여기 있었네."

거짓말처럼 피아가 내 앞을 지나가며 말을 걸었다. 나는 반색하며 웃었다.

"지원 잘 했어?"

"응. 꼭 들어가고 싶은 이유가 있거든."

그때 헤로스 티셔츠를 입은 애가 피아를 불렀다. 내 피부색과 비슷한 남자애였다.

"안녕."

피아가 조미와 나에게 손을 흔들어 보이고 쪼르르 달려갔다. 피아의 눈빛, 목소리. 알고도 남았다. 피아가 저 애에게 빠져 있다는 걸. 저 남자애가 헤로스에 가입할 이유였구나.

나에겐 상처받은 마음과 피아의 관심 끌기에 실패한, 사이버 가수 케이를 따라하는 남자애의 모습만 남았다. 조미가 내 등을 툭툭 두드렸다.

"실망할 것 없어. 저 애는 내가 알아. 피아가 좋아해도 못 사귈걸."

"뭐? 왜?"

"쟨 여자 친구 따로 있어. 피아 혼자 저러다 말 거야."

진짜인지 나를 위로하려는 말인지 모르겠지만 조미의 말을 믿고 싶었다.

띠띠띠. 머리에서 칩이 또 경고음을 울렸다.

"기분 전환하러 가자. 그다음 다시 계획을 세우면 돼."

나는 갑자기 눈가가 간지러웠다. 눈을 비비자 피부가 벗겨져 손가락에 달라붙었다. 조미의 눈이 커다래졌다.

"왜 그래? 아파?"

"몰라. 간지러워."

조미는 스마트 메신저로 지아에게 내 상태를 보여 줬다. 홀로그램 속 지아가 눈살을 찌푸렸다.

"단백질이 변형되면서 알레르기 반응이 생긴 것 같아. 다시 와. 해독제 주입하면 되니까."

조미가 내 눈치를 보았다.

"난 괜찮았는데 넌 왜 그러냐."

나는 아무 말도 하기 싫었다.

"조금씩 친해지다 보면 사귈 수도 있지. 피아도 널 제대로 알게 되면 좋아할 거야."

위로의 말을 듣자 울컥하면서 서러움이 폭발했다.

"아니야. 걘 나 안 좋아해."

내 입으로 말하고 나니 스스로가 더 한심하게 느껴졌다.

외모만 변한다고 피아가 나를 좋아할 리 없다는 것을 몰랐던 것도 아니면서. 조미의 말을 따르는 게 아니었다. 늘 잘못된 조언을 하는 친구가 있는 법이다. 조미의 보안 헬멧에 케이를 흉내 낸 내 모습이 비쳤다. 기분이 확 상했다.

"해독제고 뭐고 그냥 되돌리고 싶어. 케이 흉내도 싫어."

"그래도 피아가……."

"아까 그 애도 케이랑 딴판인데, 뭘. 이런 모습은 싫어."

조미가 고개를 끄덕였다.

"네 마음이 그렇다면 다시 바꿔야지."

"그런데 이제 돈이 없는데."

"달리 크레이지 사이언티스트 지아겠어. 그냥 해 줄 거야. 안 되면 외상도 해 줄 테고."

크레이지 사이언티스트!

내 얼굴이 굳어졌다. 어쩐지 어디서 들어 본 이름에 얼굴도 낯선 느낌이 아니다 싶었다.

지아는 유전자 재배열의 대가였다. 엄마는 내 눈 색깔을 지아의 작품이라며 치켜세우곤 했다. 그 자랑도 지아가 크레이지 사이언티스트 딱지를 붙이기 전까지만 유효했다.

승승장구하던 지아가 이상한 짓을 하기 시작한 건 몇 년 전이었다. 휴머노이드 로봇과 인간 유전자를 결합한 불사의 인간을 창조한다는 발표로 연구 불가 판정과 함께 순식간에 매장되었다.

나를 좋아하지 않는 여자애 때문에 세상을 시끄럽게 한 미친 과학자를 만나 이상한 시술을 하고 꼴좋게 바로 차이다니. 참으로 다이내믹한 인생이다.

지아의 집 앞에 도착하자 문을 두드리기도 전에 문이 열렸다. 파르스름한 조명이 우리를 다시 맞았다. 미친 과학자가 날카로운 눈으로 나를 보았다.

"짝사랑 상대와 잘 안 풀렸구나. 기분이 상하면 없던 알레르기 반응도 생겨."

화가 나고 속상해서 눈물이 났다. 지아가 내 눈가에 검정색 퍼프를 댔다. 간지러움이 사라졌다. 거울을 보자 피부도 복구되고 있었다. 조미가 나를 대신하여 말했다.

"애가 다시 원래대로 되돌리고 싶대요."

"왜?"

이번엔 내가 말했다.

"제 모습 같지 않은 게 가장 큰 이유고요……."

조미가 말을 가로챘다.

"애가 좋아하는 여자애가 다른 남자앨 좋아해요."

나는 조미를 향해 눈을 부라렸다. 사실이지만 듣기 싫었다.

지아가 말했다.

"지금 다시 변경하는 건 어렵지 않아. 대신 일주일간 또 변경하면 안 돼."

나는 고개만 끄덕였다. 피곤하고 슬펐다. 집에 빨리 가고 싶었다.

지아가 나를 보며 미간에 주름을 잡았다.

"그렇게 세상 다 잃은 얼굴 할 것 없어. 지나고 보면 아무 것도 아니야."

"지났으니 그런 말 하죠. 막상 그 상황이면 안 그렇다고요."

나도 모르게 목소리에 날이 섰다. 내내 무표정이던 지아의 입가에 희미한 웃음이 일었다.

"그건 그렇지. 솔직한 게 마음에 드네."

미친 과학자 지아가 벌떡 일어나 책상 서랍을 열고 무엇인가 꺼냈다. 날카로운 은색 펜이 조명을 받아 눈을 찌를 듯 강한 빛을 냈다.

지아는 목소리를 낮추고 말했다.

"사랑은 아무것도 아니야. 뇌의 화학적 반응일 뿐이지. 이걸로 사랑을 만들 수 있어."

"그게 뭔데요?"

눈이 부셔서 자세히 보기 어려웠다. 지아가 설명했다.

"사랑에 빠지면 생성되는 뇌하수체 호르몬을 이용한 약이야. 도파민은 상대방에게 호감을 느끼는 시기에 분비된다. 자신의 혈액을 넣은 이 약을 쓰면 도파민이 혈액을 넣은 사람에게만 반응하게 돼."

미친 과학자의 말이라 해도 솔깃한 건 사실이었다. 지아가 설명을 계속했다.

"자연적인 상황이라면 도파민은 일정 기간이 지나면 감소하지만 이 약을 쓰면 그렇지 않아. 평생 변하지 않고 설레며 좋아하는 거야. 완벽하지?"

나와 조미는 서로 마주보았다. 조미의 얼굴이 상기되었다.

"혹시 상대가 다른 사람에 빠져 있어도 가능해요?"

맙소사. 조미는 아직도 포타를 마음에 두고 있나 보다.

지아가 대답했다.

"가능하지. 네 혈액을 조금 더 많이 투여하면 돼. 네 생각외에 다른 생각이 나지 않게 만들 수 있지. 영원히."

나는 조미의 팔을 잡았다.

"포타가 알면 난리 날 텐데. 그리고……."

지아가 내 말을 가로챘다.

"알 수도 없지만 안다고 해도 그땐 소용없어. 이미 사랑에 빠져 버려서 문제 없을 거야."

조미는 미친 과학자에게 넘어간 것처럼 보였다.

내가 말했다.

"그래도 약물로 영원히 좋아하게 만든다는 건……."

지아가 답답하다는 듯이 얼굴을 찌푸렸다.

"영원한 사랑을 찾으면서 그게 문제야? 변하지 않는 사랑, 그걸 만들 수 있다니까!"

내가 소리쳤다.

"진짜 나를 좋아하는 게 아니잖아요? 그건 조종하는 거나 마찬가지인데."

지아가 비웃었다.

"진짜가 어디 있어? 너희가 진짜야? 어차피 전부 유전자 재배열로 태어난 인간이잖아."

"유전자를 재배열했다고 가짜 인간이란 말이에요?"

나는 미친 과학자를 노려보았다. 가짜 인간이라니. 내 마음은 누구보다 진짜인데. 게다가 유전자 재배열로 유명해진 사람이 할 말은 더욱 아니지 않나. 지아는 냉소적인 얼굴로 다그쳤다.

"부모 유전자를 베이스로 널 배열했다고 하지만 베이스라는 게 있어? 네 부모도 전부 재배열한 작품인데."

나는 어이가 없었다. 지아가 말을 계속했다.

"어차피 넌 여기 올 때부터 가짜였잖아? 부모에게 받은 인간 체세포만 진짜지. 외모나 성향도 조정해서 태어나면서 무슨 진짜 운운이야. 다 페이크인데 사랑은 진짜를 찾겠다고? 웃기지 마."

나는 조미를 보았다. 나 대신 따져 줄 것 같았는데 이미 전투력을 상실한 얼굴이었다. 오히려 고분고분한 말투로 질문했다.

"어떻게 사용하나요?"

"보통 혈액을 한 방울 정도 섞지만 두세 방울이면 정신

못 차릴 만큼 빠질 거야. 혈액과 믹스된 약물을 원하는 상대의 피부에 접촉하는 순간 펑 하고 마법이 일어나지."

반짝. 조미의 눈이 빛났다. 조미가 결의에 찬 목소리로 말했다.

"저, 주세요."

"야! 너 왜 그래? 미쳤어?"

나는 조미에게 소리쳤다.

"약으로 중독시키는 거잖아. 좀비랑 뭐가 달라?"

"나를 좋아하게 만드는 거잖아. 너도 원하지 않아? 피아를 생각해 봐."

조미가 담담하게 말하며 손으로 내 스마트 메신저의 피아 사진을 가리켰다. 내 눈동자가 잠시 흔들렸다. 조미는 때를 놓치지 않고 나를 설득했다.

"생각해 봐. 피아가 너만 좋아한다면 어떨 것 같아? 너도 피아한테 잘해 줄 거잖아. 그게 나빠?"

그 남자애 대신 나를 보는 피아. 나만 보며 웃는 피아. 내가 무슨 짓을 해도 다 좋게만 보는 피아. 나도 모르게 입가에 행복한 미소가 지어졌다.

모른 척하고 받을까? 망설이는 사이 조미는 이미 물약이 든 펜을 받아 들려 하고 있었다. 나는 마음을 다잡고 물었다.

"억지로 호르몬을 분비하게 만들어서 널 좋아하게 하는

건데 상관없어?"

"생각 안 할 거야. 나를 좋아하면 돼."

나는 조미의 손목을 잡았다.

"진심으로 사랑하는 것처럼 보여도 만들어진 것뿐이라는 걸 알잖아."

조미가 내 팔을 뿌리쳤다.

"사이버 가수 케이 흉내 내서 널 좋아하게 하는 건 괜찮고 이건 안 된다고? 어차피 마찬가지야."

"그만!"

잠자코 있던 미친 과학자가 짜증을 냈다.

"판매 금지 약물이라서 그냥 주려고 한 것뿐이야. 사용하든 폐기하든 알아서 해. 아무도 비난할 자격은 없어. 진짜 같은 건 이미 없어진 지 오래라고."

조미가 혼란스러운 얼굴로 머리를 쥐어뜯었다. 나는 고개를 저었다.

내가 피아를 생각하는 마음도, 조미가 포타에게 빠져 있는 마음도 진짜다. 그것만은 틀림없다. 진짜이기 때문에 다른 사람의 마음을 약물로 조종하고 싶지는 않은 거다. 더군다나 상대가 그 사실을 모른다면 절대 그러면 안 되는 거다.

지아는 은빛 펜을 하나 더 꺼내서 테이블 위로 던지고 커튼 뒤로 들어가 버렸다.

나와 조미는 멀뚱멀뚱 서 있다 나왔다. 조미가 굳은 얼굴로 바이크를 몰았다.

　우리 둘 다 말은 안 했지만 미친 과학자의 약을 생각하고 있었다.

　침묵을 깬 건 조미였다.

　"피아가 어디에 있는지 알아."

　나는 숨을 삼키고 아까부터 묻고 싶었던 것을 물었다.

　"네가 어떻게 알아? 너 도대체 무슨 방법을 쓰는 거야?"

　조미가 담담하게 대답했다.

　"걔 스마트 메신저에 바이러스를 심었거든. 이제 지웠으니까 안심해."

　짐작했던 답이었다. 그 바이러스도 미친 과학자의 작품일 게 뻔했다. 조미가 남의 스마트 메신저에 바이러스를 심고 그 사람 뒷조사를 한다는 걸 진작 알았다면 어땠을까. 분명 정신 차리라며 노발대발했을 것이다. 신고한다고 겁을 줬을지도 모른다. 그런데 지금은 아무렇지도 않았다. 미친 과학자가 건넨 약에 충격을 받아서인가.

　"이거."

　조미가 카페 앞에 바이크를 세우고 내 손에 펜을 쥐여 주었다.

　"넌 내려. 난 포타한테 갈 거야."

　나는 깜짝 놀라 소리쳤다.

"너, 이거 가지고 왔어? 진짜 쓸 거야?"

조미는 이미 결정한 얼굴이었다.

"응. 넌 이 약으로 피아랑 사귀든지 아니면 차이고 평생 짝사랑만 하든지 맘대로 해."

조미는 나를 내려놓고 기대에 찬 얼굴로 떠나 버렸다.

나는 펜을 쥐고 서 있다가 카페에 들어갔다. 사람들로 가득 차 있었지만 피아의 모습은 바로 찾을 수 있었다.

피아는 조명이 잘 닿지 않는 구석진 곳에 턱을 괴고 앉아 있었다. 심각한 얼굴이다. 조미의 말대로 그 남자애랑 잘 안 된 것 같다. 나는 피아의 옆모습을 바라보았다.

나 때문에 피아는 저런 얼굴을 하지 않는다. 나는 피아에게 그 남자애만큼 중요한 애가 아니니까. 피아가 원하는 사람은 내가 아닌 그 애다. 심장에서 찌르르 아픈 기운이 퍼졌다.

손에 조미가 쥐여 준 펜이 있다. 펜촉 바늘이 차가운 빛을 뿜었다. 저 바늘로 손가락을 찌르면 물약에 내 혈액이 섞여 들어갈 것이다. 물약을 묻힌 손으로 피아와 악수를 할까? 아니면 고개 숙인 틈을 타 목덜미에 한 방울 떨어뜨릴까?

마법이 일어나면 피아는 나만 바라보고 나만 위해 줄 거라고 했다. 당연히 나도 그렇게 할 것이다. 내 마음은 오직 피아만을 향하고 있으니까. 이 정도 진심이라면 약을 써도 괜찮지 않을까?

나는 손에 든 펜에 힘을 주었다. 펜의 차가운 감촉이 온몸으로 느껴졌다. 순간 다시 망설여졌다.

아무리 진심이라고 해도 나만의 진심이다. 피아는 나를 원하지 않으니까. 문제는 또 있다. 나는 피아의 눈동자를 볼 때마다 내가 한 짓을 떠올리게 될 것이다. 함께하는 매 순간순간 호르몬 분비일 뿐 사랑이 아니라는 것을 떠올릴 지도 모른다. 피아가 나를 향해 웃을 때마다 진짜인지 약물의 효과인지 의심하며 자신을 괴롭힐 수도 있다. 그런 상황을 견딜 수 있을까. 그것이야말로 피아와 나를 가짜 인간으로 만드는 짓일지도 모른다. 갑자기 손에 힘이 빠지면서 펜이 바닥에 떨어졌다.

"안녕."

그제야 피아가 나를 발견했다. 뭐라고 하는 것 같은데 시끄러운 음악 소리에 묻혀 잘 들리지 않았다. 피아는 별 감정이 담기지 않은 예의 바른 눈으로 나를 보고 있었다. 상냥해 보이지만 운동장에서처럼 조금만 오래 말을 걸면 바로 귀찮아 할 눈빛이다.

나는 몸을 구부려 바닥에 떨어진 펜을 집어 들었다. 손이 바르르 떨렸다. 내 모습이 심상치 않은지 피아가 자리에서 일어섰다.

"라오, 무슨 일 있어? 아픈 거야?"

나는 침을 꿀꺽 삼켰다. 온몸이 긴장으로 굳어 왔다. 펜을 쥔 손가락에 힘을 주었다.

두근두근.

한 걸음 한 걸음, 피아가 내 앞으로 다가오고 있었다.

최상아

"남자 친구를 많이 만나 보는 게 좋지." 대학에 입학했을 때 엄마가 그랬다. 두루두루 만나면 사람 보는 눈도 생길 것이라고 했다. 내가 부족해서 그런 걸까. 나름 열심히 만났던 것 같은데 나는 여전히 사람 보는 눈이 없다. 하지만 다른 사람을 만나다 보면 자기 자신에 대해 알게 되는 것 같다. '내가 이런 걸 좋아하는구나.' 혹은 '이런 걸 못 참는구나.' 하는 것을 새삼 느끼게 되었다. 사람 보는 눈이라는 것은 좋은 사람과 나쁜 사람을 구분하는 게 아니라 자신과 맞는 사람을 알아보는 것일지도 모르겠다. 그러나 여전히 어려운 일이다. 최첨단 과학 시대엔 더 어렵지 않을까 하는 마음으로 이 글을 썼다.

상향 평준화라는 반가움

박상준(SF 평론가, 서울SF아카이브 대표)

어느덧 '한낙원과학소설상'이 다섯 번째에 접어들었다. 1회부터 4회까지는 매년 응모작 수가 꾸준히 늘었다가 이번에 처음으로 감소세가 되었다. 그러나 응모작들의 전반적인 수준은 그전까지와 비교해 보면 상향 평준화라고 할 수 있을 만큼 고르게 일정한 성취를 보여 주었다. 이제 공모전이 내실을 갖춘 안정적인 자리매김의 단계로 접어드는 듯싶어 반갑다.

이번에는 모두 61편의 응모작이 들어왔다. 2편 이상을 낸 분들이 있어 응모자는 55인이다. 1회 때부터 돌아보면 19편→25편→47편→79편→61편으로, 처음으로 응모작의 수가 줄었다. 김경연 청소년문학 평론가와 함께 심사를 진행하면서 보니 이전과는 달리 쉽사리 탈락 여부를 정할 수 있는 작품들이

별로 없었다. 응모자들 모두 SF라는 장르에 대한 상당한 수준의 이해를 갖춘 상태에서 집필에 들어간 것으로 보이며, 그를 바탕으로 한 장르적 변주도 이전에 비해 성숙했다.

눈에 띄는 점으로는 먼저 주인공 화자로 인간이 아닌 존재, 즉 로봇이나 외계인 등 이질적인 캐릭터가 이야기를 이끌어 나가는 작품이 유의미하게 많았다는 것이다. 그런데 아쉬운 것은 이들의 감정이나 사고는 대체로 인간과 크게 다를 바가 없었다. 인간이 아닌 존재를 전제한 만큼 뭔가 상투적인 사고방식이나 발상을 뛰어넘는 시야를 보여 주었다면 금상첨화였을 것이다. 이들은 대개 자아를 찾아 나선 절실한 상황이었지만 그 여정에서 드러나는 모습은 인간 중심주의를 넘어섰다고 보기 힘들었다. 맥락상 인간에 대한 은유라 하더라도 SF라면 이런 한계를 벗어나기 위한 최소한의 고민은 기본일 터이다.

이야기의 결말을 열어 놓으며 독자에게 답을 맡기는 작품들도 적지 않았다. 굳이 교훈적인 끝맺음을 해야 한다는 강박에서 자유로워 보여 좋았다. 불확실성이 반드시 불안한 것만은 아니라는 위로의 마음이 전해졌다. 다만 이런 방식이 또 다른 전형으로 고착되지 않도록 경계할 필요는 있다.

배경 설정에서는 좀 더 치밀한 설계가 필요하다. 미래 사회를 그릴 경우 일상의 각 영역에서 시대상의 변화가 균형적으로 반영되어야 설득력이 있을 것이다. 이 부분에서 아쉬운 작품들이 많았다. 주제를 부각하기 위해 학교생활 등 특정한 상황을 살리려는 시도가 때로는 시선을 분산시켜 설정에 대한 몰입을 방해했다.

본심에 올라 수상작과 경합한 작품들은 대체로 무난한 반면 그 이상의 무언가가 없어 아쉬운 경우가 많았다. 일탈에 대한 옹호는 좋지만 대안 없는 구호처럼 와 닿아서 자칫 청소년 독자에게 영합하는 것으로 보이는 데 머물지는 않을지 경계할 필요가 있다. 기성세대의 틀에서 벗어나라는 주제를 외치는 이야기들은 대세라 해도 좋을 만큼 많다. 이제는 그다음까지 깊이 고민하고 제시하려는 시도가 활발하게 나와야 한다.

설정이 어색함과 신선함의 미묘한 경계를 타는 경우도 적지 않았다. 스토리의 전개가 예측에서 그리 빗나가지 않는 작품도 대개는 결말의 진부함으로 이어져 호감이 흐려진다. 어쨌거나 독자를 붙들고 가면서 계속 읽게 만드는 이야기의 힘이 가장 애써서 키워야 할 능력이지만, 작가라면 여러 면에서 고르게 균형 잡힌 기예를 갖춰야 한다.

「고등어」는 경쾌한 코믹 SF로서 읽는 재미가 있어 반가웠던 작품이다. 마무리가 아쉬웠지만 이런 스타일의 시도는 더 자주 나오기를 바란다. 결말을 깔끔하게 매조지는 것은 단편소설의 미덕 중 하나로 빠질 수 없는 것이다. 필력이 더 쌓여 이런 아쉬움이 옅어진다면 앞날이 기대되는 작가이다.

「오 퍼센트의 미래」는 편하게 읽히는 매끄러운 이야기에 불확실성에 대한 위무를 잘 담았다. 정서적 묘사가 돋보이며 전반적으로 기본기가 탄탄한 편이다. 다만 캐릭터나 배경 사회에 대한 설득력에는 일말의 아쉬움이 없지 않았다.

「알람이 고장 난 뒤」는 설정이나 이야기 전개, 사건 들이 다 무난하다. AI 생체 칩으로 통제되는 전체주의 국가와 추방을 통해 자유를 얻는다는 내용이 자칫 억지스럽지 않을까 했지만 큰 흠결 없이 이해되는 경지이다. 몇몇 매력적인 문장들도 보인다. 하지만 전반적으로 기존 작품들과 비교해서 독창적이라 평가할 부분은 두드러지지 않았다.

「두근두근 딜레마」는 유전공학과 관련된 여러 직, 간접적 클리셰들이 연달아 나온다. 주제도 좋고 이야기의 힘도 있지만 많은 고민거리들에 비해 결론은 모호하다. '지아' 등 캐릭터의 형상화가 돋보이는 점은 좋았다.

최종심에 오른 작품들은 저마다 나름의 미덕을 지니고 있었고 또 그만큼의 취약점도 보여서 당선작을 정하기가 수월하지 않았지만, 스토리텔링의 힘이라는 기본기와 장르적 완성도, 전복적 사고의 가능성 등을 두루 감안하여 「푸른 머리카락」을 수상작으로 결정했다.

이 작품은 우리 사회의 소수자들, 이를테면 다문화 가정이

나 북한 이탈 주민, 난민, 성 소수자 등 어떤 마이너리티라도 대입하여 읽을 수 있다. 이야기 전개에서도 큰 무리수를 두지 않고 세련되게 풀어냈다. 설정에서 몇몇 흠으로 지적할 만한 부분도 있으나 캐릭터들의 매력으로 덮을 수 있는 정도이다. 무엇보다도 머리가 아닌 가슴으로 쓴 이야기라는 점이 깊이 와닿아서 독자로부터 정서적인 교감을 이끌어 내는 솜씨가 훌륭했다. 이것은 작가의 신작 「로이 서비스」에서 더 확연하게 드러난다. SF 창작에서는 과학적 상상력과 감동적인 스토리의 결합이 늘 숙제로 다가오기 마련인데, 이 작품은 좋은 참고가 될 것이다. 작가로서 상당히 바람직하고 유리한 장점이라 앞날이 기대가 된다.

앞에서도 말했듯이 응모작들의 수준이 상향 평준화된 것 같아 뿌듯하다. 이미 한낙원과학소설상을 수상한 작가 분들도 창작을 포함한 여러 분야에서 맹활약 중이라 나날이 이 상의 의의가 고양되어 기쁘기 그지없다. 이런 모습이야말로 한낙원 선생님이 후배 작가들에게 바라던 바일 것이다. 또한 작년까지 심사위원으로 함께했던 김이구 선생님도 작고 직전까지 국내의 어린이청소년 SF문학 연구에 매진하던 모습을 남기셨기에, 여러모로 소회가 깊다. 수상한 남유하 작가에게 축하를 보내며, 본심에 오른 작가들과 응모한 모든 작가들이 이 땅의 다음 세대를 위해 앞으로도 좋은 작품으로 꾸준히 찾아오기를 바란다.

↳ 사계절 청소년문학 유튜브 호호책방
'한낙원과학소설상 수상작 특집' 편 보기

푸른 머리카락

2019년 11월 25일 1판 1쇄
2024년 11월 5일 1판 9쇄

지은이 남유하 이필원 허진희 이덕래 최상아

편집 김태희 장슬기 김아름 이효진 **디자인** 홍경민
제작 박흥기 **마케팅** 김수진 강효원 **홍보** 조민희

인쇄 코리아피앤피 **제책** J&D바인텍

펴낸이 강맑실
펴낸곳 (주)사계절출판사 **등록** 제406-2003-034호
주소 (우)10881 경기도 파주시 회동길 252
전화 031)955-8588, 8558 **전송** 마케팅부 031)955-8595 편집부 031)955-8596
홈페이지 www.sakyejul.net **전자우편** literature@sakyejul.com
블로그 blog.naver.com/skjmail **페이스북** facebook.com/sakyejulteen
인스타그램 instagram.com/sakyejul_teen

© 남유하·이필원·허진희·이덕래·최상아 2019

ISBN 979-11-6094-518-8 44810
ISBN 978-89-5828-473-4 (세트)